Disney präsentiert einen PIXAR Film

DIE UNGLAUBLICHEN

THE INCREDIBLES

DISNEY PRÄSENTIERT EINEN PIXAR FILM

DIE UNGLAUBLICHEN

THE INCREDIBLES

Ravensburger Buchverlag

Bibliografische Information der Deutschen Nationalbibliothek:
Die Deutsche Nationalbibliothek verzeichnet diese Publikation
in der Deutschen Nationalbibliografie.
Detaillierte bibliografische Daten sind im Internet über
http://dnb.d-nb.de abrufbar.

MIX
Papier aus verantwortungsvollen Quellen
FSC® C114500

1 2 3 4 D C B A

Deutsche Erstausgabe

Übersetzung: Claudia Amor

Postfach 1860, 88188 Ravensburg
Printed in Germany
ISBN 978-3-473-49078-3

www.ravensburger.de

DISNEY PRÄSENTIERT EINEN PIXAR FILM

DIE UNGLAUBLICHEN

THE INCREDIBLES

1

Langsam senkte sich die Sonne über Municiberg. Ein kräftig gebauter, blonder junger Mann, der in seinem Anzug äußerst attraktiv aussah, lenkte einen kleinen, sportlichen Wagen geschickt durch die Straßen der Stadt und hörte dabei Radio. Er war unterwegs zu einem äußerst wichtigen Termin, doch plötzlich …

„Wir unterbrechen die Sendung für eine dringende Verkehrsmeldung!“ Der Mann spitzte die Ohren, um zu hören, was das Problem war. Anscheinend lieferte sich die Polizei auf der San Pablo Avenue eine rasante Verfolgungsjagd mit bewaffneten Männern!

Der Mann drückte einen Knopf auf seinem Armaturenbrett. Sofort verwandelte sich das Radio in einen Bordcomputer, der auf dem Bildschirm einen elektronischen Stadtplan zeigte. Das hochsensible Radarsystem hatte zwei rote Punkte aufgespürt, die mit überhöhter Geschwindigkeit durch die Stadt rasten.

„Dafür ist noch genügend Zeit", murmelte der Mann, nachdem er auf die Uhr gesehen hatte. Er würde es immer noch rechtzeitig zu seinem Termin schaffen.

Also drückte er einen weiteren Knopf, auf dem das Wort AUTOPILOT stand, und der Wagen übernahm das Steuer. Dann tippte der Mann VERFOLGUNG AUFNEHMEN in den Bordcomputer, damit das Programm die schnellste Route berechnen konnte, um der Schießerei ein Ende zu setzen.

Plötzlich klappten die Rückenlehnen der Autositze flach nach hinten. Zwei Stahlringe schlossen sich um die Taille des Mannes und begannen, in entgegengesetzte Richtungen über seinen Körper zu streifen. Dabei zogen sie dem Mann die Kleider vom Leib, sodass darunter ein eng anliegender Superanzug sichtbar wurde. Über den Augen trug der Mann eine schwarze Maske.

Die Rückenlehnen richteten sich wieder auf. Der Mann hinter dem Steuer war niemand Geringerer als Mister Incredible höchstpersönlich! Bereit für einen neuen Einsatz!

Ein Lächeln huschte über seine Lippen, als sich sein Wagen in das superschnittige Incredimobil verwandelte. Er drückte den Turboknopf, der Raketenantrieb flammte auf und das Auto schoss sofort los.

Doch auf einmal sah er etwas.

Eine nette, grauhaarige Dame winkte ihm hektisch zu und zeigte auf einen Baum. Mister Incredible trat auf das Bremspedal, die Schubumkehrbremsen setzten ein und das Incredimobil kam augenblicklich zum Stillstand. Die getönte Fensterscheibe senkte sich. „Kann ich Ihnen helfen, Gnädigste?"

„Meine kleine Mietzi will nicht vom Baum runterkommen“, klagte die Dame.

Mister Incredible sah hinauf zu der Katze, die einen wilden Blick aufgesetzt hatte und sich verbissen an einem Ast festkrallte, dann checkte er den Bildschirm in seinem Auto. Die roten Punkte der Verfolgungsjagd kamen immer näher. In nur wenigen Sekunden würde der Kugelhagel sie erreicht haben.

„Treten Sie lieber zurück, Gnädigste“, sagte er zu der Katzenbesitzerin. „Es könnte gefährlich werden.“

Plötzlich hörte man Reifen quietschen. Die Scheinwerfer von zwei Autos näherten sich ihnen pfeilschnell. Mit einem kräftigen Ruck riss Mister Incredible den riesigen Baum aus der Erde und schüttelte Mietzi seinem Frauchen sanft in die Arme. Dann kippte er den Baumstamm auf das Dach des herannahenden Fluchtautos und stoppte so die Verbrecher.

Während er den Baum sorgfältig wieder ein-

pflanzte, bedankten sich die Polizeibeamten wieder einmal bei ihm.
„Immer zu Diensten“, sagte Mister Incredible und nickte allen Anwesenden zu. „Meine Herren, Gnädigste, Mietzi …“ Schon wollte er den Tatort verlassen, da hörte er, wie es laut aus dem Polizeifunk tönte: „Raubüberfall auf einen Touristenbus Ecke Howard Street und Chase Street!“
Wieder sah Mister Incredible auf seine Armbanduhr. Ich habe immer noch genug Zeit, dachte er und beschloss, sich um die Sache zu kümmern.
Er sprang in sein Incredimobil, doch als er eben losfahren wollte, sagte eine Stimme auf dem Beifahrersitz: „Cool, alles startklar!“
Mister Incredible blickte erstaunt zur Seite und sah ein dickliches Kind, das neben ihm im Auto hockte.
„Wer in aller Welt bist du denn?“, fragte Mister Incredible.
„Ich bin doch Incrediboy!“, erwiderte der Junge voller Begeisterung.

„Was? Nein!“, meinte Mister Incredible und betrachtete ihn von oben bis unten. Das rothaarige Kind trug eine Maske und einen selbst genähten Heldenanzug. Da erst erkannte ihn Mister Incredible.
„Buddy?“, fragte er.
Buddy, der Präsident des Mister-Incredible-Fanclubs, runzelte die Stirn. „Mein Name ist INCREDIBOY!“
„Hör mal“, sagte Mister Incredible und versuchte, nicht die Geduld zu verlieren. „Ich habe von mir Fotos machen lassen, hab jeden Wisch signiert, aber das geht ein wenig zu weit.“
Buddy hörte gar nicht zu. „Keine Sorge, du musst mir nichts beibringen“, sagte er schnell, „ich kenne deinen Kampfstil, deine Tricks, deine Lieblingssprüche, einfach alles!“ Doch dann überschlug sich Buddys Stimme hysterisch und er kreischte: „Ich bin doch dein allergrößter Fan!“
Plötzlich sprang die Tür des Incredimobils auf

und der zornige Incrediboy wurde hinaus an den Straßenrand geschleudert.
Mister Incredible trat das Gaspedal voll durch und machte sich mit quietschenden Reifen aus dem Staub.

2

Der Busräuber war auf das Dach eines Hochhauses geflüchtet und kramte verstohlen in einer geklauten Handtasche. Dabei bemerkte er nicht, wie sich der Schatten von Mister Incredible über ihm aufbaute.

„Zugegeben, man lernt viel über eine Frau durch den Inhalt ihrer Tasche. Aber das war bestimmt nicht deine Absicht", sagte Mister Incredible.

Der Dieb richtete eine Pistole auf den mutigen Helden und entfernte sich mit vorsichtigen Schritten nach hinten, ohne ihn aus den Augen zu lassen. *Bamm!* Irgendwo aus dem Nichts war eine Faust aufgetaucht, die den Ganoven niederstreckte.

Doch es war nicht die Faust von Mister Incredible. Der Held warf einen Blick über die Schulter und lächelte. Eine umwerfende Frau mit einer Gesichtsmaske erwiderte sein Lächeln.

„Elastigirl“, grüßte er.

„Mister Incredible“, nickte sie ihm zu, während sie den Dieb hochzog und auf die Beine stellte.

„Lass nur“, sagte Mister Incredible, „ich hab ihn.“

„Klar hast du ihn“, antwortete sie schnippisch, „weil ich ihn für dich erwischt habe.“

Die beiden Helden stemmten die Hände in die Hüften und diskutierten scherzhaft darüber, wer denn nun den Busräuber gefangen hatte.

„Wir könnten ihn uns teilen, was meinst du?“, fragte sie und neigte sich grazil zu ihm hinüber.

„Ich arbeite allein“, erwiderte Mister Incredible ungerührt.

„Tja“, meinte Elastigirl, während sie sich mit einer fließenden Bewegung um ihn herumwand, „ich glaube, du musst ein bisschen … flexibler werden.“

„Hast du heute Abend schon was vor?“, fragte Mister Incredible und setzte ein verführerisches Lächeln auf.
„Tut mir leid, ich bin verabredet“, sagte sie spitz und schwang sich mit ihrem elastischen Körper über die Dächer der Stadt.
Mister Incredible blickte der Superfrau bewundernd nach. Als sie verschwunden war, wandte er sich wieder dem Busräuber zu und legte ihm Handschellen an.
Da ertönte über ihm das Knattern von Maschinengewehren, als ein schwarzer Helikopter, der bis an die Zähne bewaffnet war, vor irgendetwas – oder besser: irgendjemand – flüchtete.
Mister Incredible sah auf. „Frozone!“, rief er erfreut.
Frozone war sein bester Heldenfreund und konnte aus Luftfeuchtigkeit Eis erzeugen. Jetzt schlitterte er von einem Dach zum nächsten auf Mister Incredible zu, indem er mit einer schnellen Handbewegung Eisbahnen in die Luft schleu-

derte. So konnte er den flüchtenden Helikopter verfolgen.
Frozone bemerkte Mister Incredible, als er vorbeiflitzte. „Musst du dich nicht langsam fertig machen?“, rief er ihm zu.
Mister Incredible rief zurück: „Dafür ist noch Zeit!“
Plötzlich ertönte der Schrei einer Frau und Mister Incredible horchte auf. Als er sich umblickte, sah er, wie jemand auf die Spitze eines Wolkenkratzers zeigte. Ganz oben stand ein Mann an der Brüstung und wollte hinunterspringen. Unten auf der Straße bildete sich schnell eine Menschenmenge. Alle hielten den Atem an, als der Mann einen Schritt nach vorne machte und sich in die Tiefe stürzte.
Da trat Mister Incredible in Aktion: Mit einem exakt berechneten Sprung vom Dach eines niedrigeren Gebäudes konnte er den Mann in der Luft abfangen und auf die andere Seite der Straße stoßen, wo sie gemeinsam durch ein großes Glas-

fenster krachten. Glassplitter regneten auf sie herab, als sie in der Eingangshalle einer Bank zum Stillstand kamen.

„Aaah, Sie haben mir etwas gebrochen", jammerte der Mann, der vom Dach gesprungen war.

„Mit dem richtigen Psychiater werden Sie lernen, mir zu verzeihen", antwortete Mister Incredible unbeeindruckt.

Auf einmal machte sich sein siebter Sinn für Verbrechen bemerkbar. Irgendetwas stimmte hier doch nicht! Er sah sich gerade in der Bank um, da gab es eine ohrenbetäubende Explosion und eine massive Tresortür flog durch die Luft. Sie traf Mister Incredible und begrub ihn unter sich. Aus dem dichten Rauch und dem Geröll wurden die Umrisse von Bombe Voyage erkennbar, einem berüchtigten Superbösewicht aus Frankreich. So wie es aussah, war Mister Incredible mitten in einen Bankraub geplatzt.

Er schob die Tresortür zur Seite. „Bombe

Voyage!“, sagte er und baute sich vor dem Übeltäter auf, um ihm das Handwerk zu legen.
„Monsieur Incroyable“, grüßte der Meisterdieb.
„Und Incrediboy!“, tönte eine Stimme aus dem Hintergrund.
„Incrediboy?“, spottete Bombe Voyage.
Buddy war wieder da. Er ließ seine selbst gebastelten Raketenstiefel aufflammen und fragte Mister Incredible: „Hey, rat mal, wieso ich so schnell hier war?“
„Geh nach Hause, Buddy“, wies Mister Incredible ihn an.
„Das sagst du nur, weil ich keine Superkräfte habe, nicht wahr?“, schimpfte Buddy. „Aber man kann auch ohne super sein. Die hier habe *ich* erfunden“, sagte er und zeigte einen seiner Superstiefel her, damit Mister Incredible ihn besser sehen konnte. „Ich kann damit fliegen! Kannst *du* etwa fliegen?“
„Flieg nach Hause, Buddy“, sagte Mister Incredible. „Ich arbeite allein.“

„Ich zeig's dir", rief Buddy unnachgiebig, „ich fliege los und hole die Polizei."
Doch Bombe Voyage hatte nicht vor, sich von einem der beiden seinen Plan ruinieren zu lassen.
Als Buddy auf das zerbrochene Fenster lossprintete, befestigte Bombe Voyage heimlich einen kleinen Sprengsatz an seinem Umhang.
Mister Incredible sah es gerade noch rechtzeitig. Er sprintete hinter Buddy her, griff nach dem Umhang und schrie: „Buddy, nicht!"
Doch es war zu spät. Buddy sprang aus dem Fenster, aktivierte mit einem Funkenregen seine Raketenstiefel und zog Mister Incredible mit sich in die Lüfte.
Während ihres wilden Flugs versuchte Mister Incredible, an die Bombe zu gelangen.
„Lass mich los!", kreischte Buddy. „Du verdreifachst mein Fluggewicht!"
Mister Incredible bekam die Bombe zu fassen und riss sie von Buddys Umhang. Sie fiel zu Boden, wo sie gemeinsam mit Mister Incredible auf den

Schienen einer Hochbahnbrücke landete. Die Bombe ging hoch. Die Explosion riss ein großes Loch in die Bahngleise und von hinten konnte man bereits den Zug kommen sehen. Mister Incredible musste den Zug anhalten, bevor er in das Loch stürzte!
Mit all seiner Superkraft stemmte sich Mister Incredible dem heranrasenden Zug entgegen.
Iiiiiitsch! Metallisches Kreischen durchschnitt die Luft, während Mister Incredible mit jeder Faser seines Superkörpers kämpfte, um den Zug zum Stehen zu bringen.

3

Mister Incredible war es zu verdanken, dass der Zug rechtzeitig angehalten wurde und niemand ernsthaft verletzt war. Nun hatte er Buddy am Kragen gepackt und übergab ihn den Polizeibeamten.

„Bringt den Kerl nach Hause“, sagte er, „und sorgt dafür, dass seine Mutter von seinen Heldentaten erfährt.“

„Du machst einen großen Fehler“, protestierte Buddy. „Ich kann dir helfen!“

Mister Incredible berichtete der Polizei von dem verletzten Mann, der vom Hochhaus gesprungen war und von dem Banküberfall. „Die Explosion wurde von Bombe Voyage verursacht. Vielleicht könnt ihr ihn noch kriegen, wenn ihr das Haus umstellt."

„Das heißt, er ist entkommen?", fragte einer der Polizisten.

„Nun ja", erwiderte Mister Incredible und warf Buddy einen kritischen Blick zu, „unser Freund Skippy hier hat dafür gesorgt."

„Incrediboy!", wiederholte Buddy bockig.

Mister Incredible wandte sich Buddy zu: „Wir sind nicht miteinander verwandt!"

Da ertönte leise ein Alarmzeichen. Mister Incredible sah auf seine Uhr und rief: „Ach du Schreck, schon so spät!"

Er entschuldigte sich bei den Polizisten und sagte: „Tut mir leid, ich hab noch eine Verabredung."

Schon funkte er sein Incredimobil heran, das sogleich um die Ecke gebraust kam.

„Aber was wird aus Bombe Voyage?", fragte einer der Beamten.

„Ich würde euch liebend gern helfen, aber ich muss unbedingt los!", antwortete Mister Incre-

dible, während er bereits in den Wagen kletterte. „Aber macht euch keine Sorgen, wir kriegen ihn schon, irgendwann!"
Mister Incredible zündete den Raketenantrieb und schoss los.

„Du bist spät dran", sagte Frozone trocken.
Mister Incredible nestelte an seiner Fliege. „Wie sehe ich aus?", fragte er.
„Uh, die Maske", rief Frozone und stellte sich ihm in den Weg. „Du hast deine Maske noch auf."
Frozone nahm ihm die Maske vom Gesicht. Dann holte Mister Incredible tief Luft und stieß die Flügeltür auf, die in die Kirche führte. In seinem eleganten schwarzen Anzug schritt er nun den langen Mittelgang entlang.
Frozone, sein Trauzeuge, folgte ihm nach.
Sie erreichten den Altar, wo bereits Mister Incredibles wunderschöne Braut wartete. Dann begann die Trauungszeremonie.
„Robert Parr, willst du die hier anwesende Helen

zu deiner rechtmäßig angetrauten Ehefrau nehmen?"

Seine zukünftige Frau, Elastigirl, die im normalen Leben Helen hieß, flüsterte ihm zu: „Heute hättest du auch mal pünktlich sein können, meinst du nicht?"

Mister Incredible lächelte und meinte augenzwinkernd: „Ach, sei doch mal ein bisschen ... flexibel."

Die Trauung endete mit den Worten: „... so antworte jetzt mit Ja."

„Ja, ich will", antwortete Mister Incredible und nahm Elastigirl in den Arm.

Die anwesende Hochzeitsgesellschaft, die sich aus Heldenfreunden des Paares zusammensetzte, sprang auf und jubelte.

„Wir bleiben auf ewig zusammen", versprach Elastigirl, „was auch immer passiert."

„Wir sind Helden", sagte Mister Incredible selbstbewusst, „was kann *uns* schon passieren?"

„Und hier die aktuellen Schlagzeilen aus unserem Nachrichtenstudio: Das Blatt hat sich für unsere Helden gewendet. Einer von ihnen steht vor Gericht, weil er einen Mann gerettet hat, der offenbar nicht gerettet werden wollte. Der Kläger, dessen Selbstmordversuch von Mister Incredible verhindert wurde, führt beim Obersten Gerichtshof einen Prozess gegen den berühmten Helden."
Auf der Treppe vor dem Gerichtsgebäude sprach einer der Anwälte zu den Reportern: „Mein Klient wollte nicht gerettet werden. Er hat auch nicht darum gebeten."
Mister Incredible tauchte in seiner Heldenmaske, einem blauen Anzug und Krawatte im Fernsehbild auf.
„Ich habe Ihnen doch das Leben gerettet!", sagte er und zeigte auf seinen Ankläger.
„Ach was, Sie haben nur alles ruiniert!", erwiderte dieser.
Fünf Tage später reichten auch die Verletzten der Hochbahnkatastrophe Klage ein. Die Gerichts-

prozesse um Mister Incredible kosteten den Staat Millionen.
Plötzlich sah es so aus, als wäre eine Verschwörung im Gange. Die Zeitungen waren voll von Berichten, in denen die Helden beschuldigt wurden, mehr Schaden anzurichten als zu helfen. Die Anklagen häuften sich.
Sogar die Regierung wandte sich von ihnen ab. „Es ist an der Zeit, dass ihre geheimen Identitäten ihre *einzigen* Identitäten werden!“, forderte eine Kongressabgeordnete. „Entweder passen sie sich an, oder sie verschwinden.“
Es gab auch einige Proteste für die Helden, doch am Ende beschloss die Regierung unter enormem Druck der Öffentlichkeit und aufgrund einer Flut von Klagen, das Heldenschutzprogramm (kurz HSP) einzuführen. Im Rahmen dieses Programms mussten alle Helden versprechen, ihre besonderen Kräfte nicht mehr einzusetzen. Dafür wurden sie von allen Haftungsansprüchen befreit.
Alle Helden bekamen neue Namen und Identitä-

ten. Von nun an lebten sie ganz normale Leben und mischten sich unbemerkt unter die Leute. Und so war das Goldene Zeitalter der Helden auf einmal zu Ende.

4

Fünfzehn Jahre später saß Mister Incredible, der nun überall nur noch als Bob Parr bekannt war, in seinem kleinen Büroabteil bei der Rundum Sorgenfrei Versicherung. Auf jedes Papier, das über seinen Schreibtisch ging, presste er einen Stempel, auf dem in roter Farbe das Wort ABGELEHNT stand. Sein weißer Hemdkragen war ein wenig zu eng, sein unbequemer Stuhl irgendwie zu klein. Bob Parr war Versicherungsangestellter, brachte dreißig Kilo zu viel auf die Waage und bekam langsam schütteres Haar. Kaum zu glauben, dass er derselbe Mann war, den die ganze Welt früher als Mister Incredible gekannt und bewundert hatte.

Eine alte, etwas tattrige Dame saß in Bobs Büro. In der Hand hielt sie ein Schriftstück, auf dem der ABGELEHNT-Stempel rot leuchtete.
„Abgelehnt?“, fragte die alte Ms. Hogenson. Sie war verwirrt und aufgewühlt. „Das heißt, Sie bezahlen den Schaden nicht?“
„Tja, tut mir leid, Ms. Hogenson“, sagte Bob, „aber das steht alles in Paragraf siebzehn.“ Er setzte zur Erklärung an, als das Telefon klingelte. Es war Helen.
Sie hatte das Telefon zwischen Schulter und Kinn geklemmt und versuchte, während sie sprach, den kleinen Jack-Jack aus seiner Babybadewanne zu heben. Die Maske, die sie früher als Elastigirl getragen hatte, war verschwunden, und ihre roten Lackstiefel waren einem Paar Gesundheitsschuhe gewichen.
„Ich rufe an, weil wir etwas zu feiern haben!“, sagte sie, während Jack-Jack von hinten ins Telefon gurrte. „Wir sind jetzt offiziell eingezogen. Ich habe heute endlich die letzte Kiste ausgepackt!“

Die Familie Parr war, seitdem sie Teil des Heldenschutzprogramms geworden war, bereits mehrmals umgezogen. Helen war aber zuversichtlich, dass es diesmal für länger sein würde.
„Das ist toll, Schatz, wirklich", sagte Bob, „aber ich habe hier eine Kundin ..."
„Schon verstanden", sagte Helen gut gelaunt. „Die Schadensfälle der Welt warten auf deine rettende Hand. Ich muss jetzt los, die Kinder von der Schule abholen. Bis heute Abend."
„Wiedersehen, Schatz", murmelte Bob in den Hörer und wandte sich dann wieder Ms. Hogensons traurigem Gesicht zu. „Entschuldigen Sie bitte, wo waren wir stehengeblieben?"
Ms. Hogenson erklärte ihm, dass sie das Geld von der Versicherung dringend benötigte. „Wenn Sie mir nicht helfen, bin ich absolut verloren", sagte sie niedergeschlagen.
Bob dachte einen Moment nach, dann sah er draußen vor seinem Büroabteil nach, ob die Luft rein war und flüsterte Ms. Hogenson eilig zu, was

sie tun konnte, damit die Versicherung ihren Schaden bezahlen musste.

„Oh, ich danke Ihnen vielmals“, sagte Ms. Hogenson.

Bob schenkte ihr ein kleines Lächeln und sagte dann so laut, dass jeder es hören musste: „Es tut mir sehr leid, aber ich kann wirklich nichts mehr für Sie tun.“

Ms. Hogenson tätschelte dankbar seine Hand und verließ das Büro.

Gleich darauf stürmte Bobs Chef herein – er hieß Gilbert Huph und war ein kleiner, übellauniger Kerl.

„Parr“, brüllte er. „Sie haben die Zahlung der Parker-Police freigegeben?“

„Aber sein Versicherungsvertrag deckt ganz klar die …“ Weiter kam Bob nicht, bevor Huph loswetterte.

„Es interessiert mich nicht, was der Vertrag deckt! Sie haben dafür zu sorgen, dass wir schwarze Zahlen schreiben! Wie soll das gehen, wenn Sie jedem Pechvogel und Unglücksraben, der sich bei Ihnen meldet, einen Scheck ausstellen!“

Mit diesen Worten dampfte Huph verärgert ab und Bob blieb schweigend zurück. Es war wieder einmal ein ganz normaler Tag im Büro.

5

Helen Parr hatte gehofft, die Kinder schnell in ihrem familienfreundlichen Großraumauto aufsammeln zu können. Sie wollte rechtzeitig zu Hause sein, um Abendessen zu kochen. Doch stattdessen war sie auf dem Weg ins Büro des Schulrektors. Flash, der ältere der beiden Parr-Jungs, hatte schon wieder Ärger bekommen. Flash besaß seit seiner Geburt eine Superkraft: Er konnte so schnell laufen wie der Blitz. Aber natürlich durfte er seine Superkraft niemals einsetzen, seitdem Helden keine Helden mehr sein durften. Es *musste* also das Geheimnis der Familie Parr bleiben.

„Was ist passiert? Hat Flash wieder etwas ange-

stellt?“, fragte Helen, als sie im Büro des Rektors angekommen war, wo ihr Sohn Flash bereits auf sie wartete.
„Er hat Reißnägel auf meinen Stuhl getan!“, beschwerte sich Bernie Kropp, Flashs Klassenlehrer in der vierten Klasse.
„Und diesmal kann ich es beweisen!“, triumphierte er. „Ich habe nämlich eine geheime Kamera installiert!“
Er startete das Abspielgerät.
Helen und Flash hielten den Atem an und starrten auf den Bildschirm.
Im Video war zu sehen, wie Mister Kropp gerade dabei war, sich auf seinem Stuhl niederzulassen. Dann setzte er sich hin und … schrie auf. Von Flash keine Spur. „Haben Sie es gesehen?“, schrie Mister Kropp und spielte es noch einmal ab.
Der Rektor sah Mister Kropp von der Seite an. Er glaubte, sein Lehrer wäre jetzt endgültig durchgedreht. Helen seufzte erleichtert.
„Bernie, bitte …“, begann der Rektor.

„Ich bin nicht Ihr Bernie!“, protestierte der Lehrer. „Diese kleine Ratte ist schuldig!“
Der Schulleiter wandte sich an Helen: „Sie können Ihren Sohn jetzt mit nach Hause nehmen. Es tut mir leid, Ms. Parr.“
Während Helen zur Tür hinauseilte, konnte sie Bernie Kropp drinnen toben hören: „Sie lassen ihn laufen? Schon wieder? Aber er ist schuldig! Das sieht man doch eindeutig an dem kleinen, fiesen Gesicht! Schuldig, sag ich, schuldig, schuldig, schuldig!!!“

„Flash!“, stellte Helen ihren Sohn im Auto zur Rede. „Das ist schon das dritte Mal dieses Jahr, dass du beim Rektor gewesen bist. Wir brauchen etwas, wo du dich austoben kannst!“
Flash sank in seinem Autositz zusammen. „Das könnte ich ja, wenn ich mehr Sport machen dürfte“, murmelte er traurig.
„Ach Liebling“, antwortete Helen, „du weißt doch, warum du das nicht darfst.“

„Aber wenn ich dir verspreche, dass ich langsam laufe?", bat Flash. „Ich werde auch nur ein kleines bisschen der Beste sein."
Doch Helen wusste, dass die Welt nicht wollte, dass sie die Besten waren, auch nicht nur ein kleines bisschen.
Sie schüttelte den Kopf. „Weißt du, Liebling, im Moment will die Welt nur, dass wir uns brav anpassen."
„Aber Dad sagt, dass wir uns wegen unserer Superkräfte nicht schämen sollen. Sie machen uns zu etwas Besonderem."
„Jeder ist etwas Besonderes", erwiderte Helen resigniert.
„Mit anderen Worten, niemand ist etwas Besonderes", maulte Flash.

Helen fuhr das Familienauto weiter bis vor die Junior-Highschool, um Flashs große Schwester Violetta, genannt Vi, abzuholen. Helen sah sich um. Violetta war nirgendwo zu sehen – aber das

war ja auch eines ihrer Supertalente. Violetta konnte sich nämlich unsichtbar machen. Das war praktisch, denn sie war ziemlich schüchtern, wenn Jungs in der Nähe waren, vor allem Tony Rydinger.
Violetta konnte aber auch Kraftfelder erzeugen, was ihr nur dann etwas nutzte, wenn sie wieder einmal mit Flash raufte. Flash hasste es, wenn sie ihre Kräfte einsetzte.
Jetzt gerade lugte Violetta unsichtbar über eine Hecke: Tony Rydinger kam soeben die Schultreppe herunter. Einen kurzen Augenblick stutzte er. Es kam ihm vor, als wäre da etwas, er blieb stehen und schaute zur Seite. Nachdem er aber nichts erkennen konnte, ging er weiter. Die scheue Violetta wurde wieder sichtbar und errötete. Eilig lief sie hinüber zum Wagen ihrer Mutter und sprang hinein.

6

Zu Hause bei den Parrs war es Zeit fürs Abendessen.

„Musst du unbedingt beim Essen lesen?“, fragte Helen Bob, während sie mit einem Löffel flink etwas Babybrei aufsammelte, der aus Jack-Jacks Mund getropft war. Bob, der ganz in seine Zeitung vertieft war, hatte die Frage gar nicht gehört.

„M-hm, ja, ja“, sagte er abwesend.

Helen seufzte und wandte sich an Flash. „Nimm bitte kleinere Bissen, Flash“, sagte sie. Aber auch Flash schien sie nicht zu hören. „Bob, hilfst du unserem Raubtier beim Fleischkleinschneiden?“

Bob seufzte, legte die Zeitung beiseite und griff nach Flashs Besteck.

„Flash, willst du deinem Vater nicht von deinem Schultag erzählen?“, schlug Helen vor.
„Ähh“, Flash zögerte. „Wir haben heute … einen Frosch auseinandergenommen …?“ Er hoffte, auf diese Art von der Fragerei seiner Mutter ablenken zu können.
Helen runzelte die Stirn und sagte ganz nebenbei: „Flash musste heute wieder zum Rektor.“
„Gut … gut“, murmelte Bob, der immer noch aus dem Augenwinkel in der Zeitung las, während er das Fleisch auf dem Teller seines Sohnes klein schnitt.
„Nein, Bob, das ist *nicht* gut“, sagte Helen gereizt.
„Was, warum?“, fragte Bob, der nun endlich aufsah.
„Flash musste schon wieder zum Rektor“, wiederholte Helen.
„Warum?“, wollte Bob wissen.
„Ach, es war gar nichts“, meinte Flash eilig.
„Er hat seinem Lehrer *im Unterricht* Reißnägel auf den Stuhl getan“, sagte Helen.

„Aber niemand hat's gesehen", beteuerte Flash, während Bob immer noch weiterschnitt. „Nicht einmal auf dem Video konnte man es sehen!"
„Die haben dich auf Video aufgenommen und können dir trotzdem nichts nachweisen?", fragte Bob mit etwas Stolz in der Stimme. „Wow! Du bist ja wie der Blitz!"
„Bob!", mahnte Helen. „Willst du ihn auch noch ermutigen?"
„Ich will ihn doch nicht ermutigen", verteidigte sich Bob und versuchte, seine Aufregung zu verbergen. „Ich will doch nur wissen, wie schnell er war …"
Plötzlich wurde ihr Gespräch von einem lauten Klirren unterbrochen. Bob hörte auf zu schneiden und sah auf den Teller. Ohne es zu bemerken, hatte er seine Superkraft eingesetzt und, anstatt nur durch das Fleisch zu schneiden, auch den Teller und den Tisch erwischt.
„Ich hole einen neuen Teller", sagte Bob und marschierte in die Küche.

Inzwischen wandte sich Helen an Violetta, deren lange Haare ihr vor das Gesicht hingen, während sie in ihrem Essen herumstocherte.
„Was ist mit dir, Violetta? Wie war die Schule?“, erkundigte sich Helen.
Violetta zuckte mit den Schultern. „Das Übliche.“
„Du hast dein Essen kaum angerührt“, bemerkte ihre Mutter.
„Ich hab eben keinen Bock auf Hackbraten“, antwortete Violetta.
„Auf was hast du denn Lust?“, zeigte Helen sich entgegenkommend.
„Tony Rydinger!“, zog Flash sie auf.
„Halt die Klappe, Flash“, fuhr Vi ihn an.
„Ist doch wahr!“, lachte Flash.
„Du sollst die Klappe halten, du kleine Stinknase!“, rief Vi.
„Beim Essen wird nicht geschrien“, griff Helen ein und rief nach Bob, der immer noch in der Küche war. „Schatz!“

„Sie würde es bestimmt essen, wenn es Tonybraten heißen würde!“ Flash kicherte.
„Das reicht!“, schrie Violetta zornig, packte Flash und machte sich unsichtbar. Flash kämpfte sich frei und begann, wie der Wind rund um den Tisch zu laufen. Jack-Jack gurgelte vergnügt. Dann brachte Violetta Flash mit einem Kraftfeld zu Fall und Helen streckte ihre elastischen Arme aus, um ihre Kinder einzufangen. Aber die beiden verschwanden unter dem Tisch und rauften dort weiter.
Draußen in der Küche hatte eine Schlagzeile in der Zeitung Bobs ganze Aufmerksamkeit auf sich gezogen. PALADINO VERMISST, las Bob. „Simon J. Paladino, langjähriger Kämpfer für die Rechte der Superhelden, wird vermisst …“ Bob wunderte sich, was da wohl geschehen war. Simon Paladino war die Geheimidentität von Gazerbeam, einem ehemaligen Helden und guten Freund von Bob.
Dann drang Helens Stimme an sein Ohr.

„Boob?“, rief sie verzweifelt. „Zeit, dich einzuschalten! Tu doch etwas!“
Bob löste sich aus seinen Gedanken und eilte ins Esszimmer. Er stemmte den Esstisch, an dem seine ganze Familie hing, in die Höhe. Helen lag ausgestreckt über dem Tisch, und Flash und Vi baumelten an ihren langen Armen. Die Kinder rangelten immer noch, sodass sich Helens Arme hoffnungslos verknotet hatten. Jack-Jack, dem die Aufregung sichtlich gefiel, quietschte vor Freude.
Plötzlich läutete es an der Tür.
Keiner rührte sich. Bob setzte den Tisch ab und die Familie nahm wieder eine normale Sitzposition ein. Flash stand ruhig auf und öffnete die Tür.
„Hi Speedo, hi Helen!“, rief die Stimme im Eingang und augenblicklich entspannten sich die Parrs, denn es war ihr Freund Lucius Best, früher besser bekannt als Frozone!
„Hallo“, begrüßte Bob ihn freundlich. „Na, heut schon jemanden aufs Glatteis geführt?“

„Haha, der ist neu“, antwortete Lucius mit ironischer Stimme, „den hab ich echt noch nie gehört!“
Lucius Best war der coolste Typ, den man sich nur vorstellen konnte, und er hatte sich seit jungen Jahren auch nicht besonders verändert. Klar, auch er durfte jetzt die eisigen Superkräfte, die er als Frozone hatte, nicht mehr zeigen, aber auch das ließ ihn ziemlich kalt.
Bob lief rüber zur Garderobe und schnappte sich schnell seine Jacke und die Bowlingtasche. „Also, bis nachher“, sagte er.
Helen wirkte verwirrt.
„Heute ist doch Mittwoch“, erinnerte sie Bob.
Helen schüttelte erst den Kopf, doch dann fiel es ihr wieder ein: „Ach so, der Bowlingabend.“
Sie sah hinüber zu Flash und Vi, die es immer noch aufeinander abgesehen hatten, und seufzte.
„Na dann, schönen Gruß an deine Frau, Lucius“, meinte Helen.
„Mach ich“, antwortete Lucius noch. „Gute Nacht Helen, gute Nacht Kinder!“

Helen wandte sich wieder an Flash. Er würde sich um das Gespräch über seinen Ausflug ins Büro des Rektors nicht drücken können.
„Aber Mama, ich bin nicht der Einzige, der in der Schule mal zum Rektor muss“, protestierte Flash.
„Andere Kinder haben keine Superkräfte“, beharrte Helen, versuchte aber, geduldig zu sein. „Du bist beinahe erwischt worden. Weißt du, es ist völlig normal, dass du …“
Da wurde sie von Violetta unterbrochen: „Was weiß irgendjemand in dieser Familie schon, was normal ist? Der einzige Normalo hier ist Jack-Jack!“
Jack-Jack, das einzige Mitglied der Familie Parr, das keine Superkräfte zu haben schien, spuckte sich eine Portion Babybrei aufs Kinn und kicherte.

7

Lucius lenkte den Wagen in ein heruntergekommenes Viertel der Stadt und parkte in einer Seitengasse. Er und Bob gingen gar nicht zum Bowling. Stattdessen saßen sie im Auto und quatschten über die alten Zeiten, während immer wieder Funksprüche aus einem tragbaren Polizeifunkgerät knisterten.

„Und dann sitze ich echt in der Klemme." Lucius lachte, während er Bob die alte Geschichte erzählte. „Ich meine, wenn er mich noch mal mit dem Laserstrahl erwischt, bin ich ein Stück Toast. Und was macht unser Baron von Gnadenlos?"

„Er hält 'nen Vortrag!" Bob prustete los.

„Genau! Er lässt diesen auswendig gelernten

Quatsch vom Stapel, darüber, wie schwach ich doch bin im Vergleich zu ihm, dass ich mich geschlagen geben soll und dass die Welt bald nur noch ihm allein gehört, bla, bla, bla …"

„So 'ne Labertasche!", lachte Bob, er liebte diese Geschichte.

„Haha, Labertasche!", lachte Lucius noch lauter heraus. „Ich meine, der Typ hat mich auf dem Silbertablett und quatscht mich voll!"

Ein Polizeiruf rauschte plötzlich aus dem Funkempfänger. „An alle Einheiten! Wir haben einen Dreiundzwanzig sechsundfünfzig!"

„Dreiundzwanzig sechsundfünfzig, Moment, was war das noch mal … Raubüberfall? Lust, einen Räuber zu fangen?"

„Ganz ehrlich?", antwortete Lucius. „Ich würde lieber zum Bowling gehen. Hör zu: Wie wär's, wenn wir mal das machen, was unsere Frauen denken, dass wir machen?"

Während die ehemaligen Helden so dasaßen und sich unterhielten, merkten sie gar nicht, dass sie beobachtet wurden. Eine verführerische Blondine in einem schwarzen Sportwagen sprach in ein Headset: „Er ist nicht allein. Der Dicke ist immer noch bei ihm."

„Feuer Ecke Vierte und Elias Street", tönte es aus Lucius' Funkgerät. Bob horchte auf und seine Augen begannen zu leuchten.
„Ein Feuer! Jackpot!", rief Bob begeistert und zog sich eine Skimaske übers Gesicht. Lucius tat es ihm nach, startete den Wagen und brauste zur Ecke Vierte und Elias Street.
„Die werden uns erwischen", sagte Lucius.
Während die beiden Helden die Straße hinunterschossen, folgte ihnen unauffällig der schwarze Sportwagen.

Bob und Lucius konnten schon aus einem Häuserblock Entfernung den orangeroten Schein des Feuers erkennen.
Sie waren die Ersten, die am Unglücksort eintra-

fen. Gemeinsam liefen sie schnell in das brennende Gebäude hinein, spürten die bewusstlosen Hausbewohner auf und warfen sie sich über die Schultern.
„Sind das jetzt alle?“, brüllte Lucius Bob zu.
„Ja, wir haben es geschafft“, antwortete Bob durch den dichten Rauch, während er versuchte, sich einen Weg zurück hinaus auf die Straße zu bahnen. „Willst du das Feuer nicht endlich löschen?“
Lucius versuchte, die Flammen mit Eis zu bekämpfen. „Ich krieg keine Eisschicht zustande, die dick genug ist!“, rief er. „Es verdampft einfach zu schnell!“
„Was soll das bedeuten?“, schrie Bob.
„Das bedeutet, Bob, es ist heiß und ich bin ausgetrocknet!“, entgegnete Lucius.
„Was?“, brüllte Bob. „Du hast kein Eis mehr? Ich dachte, du holst dir das Wasser aus der Luft!“
„Da ist kein Wasser mehr in dieser Luft! Und was

ist mit dir? Hast du keine Muskeln mehr? Kannst du nicht einfach die Wände niederreißen?", rief Lucius seinem Freund zu.
Dann gab es auf einmal einen schrecklichen Knall. Beide blickten nach oben. Das brennende Dach war drauf und dran einzustürzen und sie unter sich zu begraben.
Lucius schüttelte den Kopf und warf Bob einen finsteren Blick zu. „Ich sagte doch, wir hätten lieber bowlen gehen sollen!", sagte er.
Plötzlich löste sich ein schwerer Brocken aus der Decke und krachte wie ein riesiger Feuerball zu Boden. Bob sah sich eilig um und fand endlich einen Fluchtweg. Er stapelte die immer noch bewusstlosen Opfer des Feuers auf eine Schulter und blickte zu Lucius.
„Okay!", brüllte er und übernahm das Kommando, „bleib dicht hinter mir, jetzt wird's heiß!"
Nun startete Bob und rannte in vollem Tempo durch den brennenden Flur. Lucius hielt sich dicht

dahinter. Bob hatte den Blick auf eine Ziegelmauer gerichtet, auf die er nun ungebremst losrannte. Er beschleunigte ein letztes Mal, stieß ein lautes Gebrüll hervor und versenkte seine freie Schulter in der Mauer. So krachten die Helden und die Verwundeten, die sie vor den Flammen gerettet hatten, gerade rechtzeitig durch die Ziegelwand. Dann brach das Gebäude hinter ihnen zusammen.

Geschafft!, dachte Bob eine Sekunde lang. Doch dann ertönte ein Alarm. Bob und Lucius blickten sich um. Wie es aussah, waren die beiden geradewegs in einem Schmuckgeschäft gelandet.

Ein junger Polizeibeamter, der zu dem Feueralarm gerufen worden war, erblickte plötzlich die beiden maskierten Männer und zog seine Pistole. „Keine Bewegung!“, rief er.

Lucius aber sah einen Wasserspender neben sich und überzeugte den Polizisten, ihn einen Becher Wasser trinken zu lassen. Lucius führte den Becher langsam an den Mund und lächelte.

„Okay, jetzt hattest du dein Wasser. Keine Bewegung mehr, sonst mach ich dich …", begann der Polizist.

„Ich weiß", erwiderte Lucius, „kalt."

Das war das Stichwort: Ein lauter, eisiger Knall ertönte. Draußen auf der Straße kämpften die Feuerwehrmänner gegen den Brand, und immer mehr Polizisten eilten ihnen zu Hilfe. Da ertönte ein Schuss. Alle zogen ihre Dienstwaffen und stürmten das Juweliergeschäft. Doch drinnen angekommen blieben sie wie angewurzelt stehen und sahen einander verblüfft an. Vor ihnen lag ein Haufen geretteter Feueropfer neben einem riesigen Loch in der Wand. Daneben stand der junge Polizist mit erhobener Waffe, unbeweglich unter einem Mantel aus Eis, und blinzelte. Seine Pistolenkugel war mitsamt der Schmauchspur mitten im Flug eingefroren.

Bob und Lucius sprangen zurück in ihren Wagen und zogen sich die Masken vom Gesicht.

„Das war sauknapp", sagte Lucius und trat das

Gaspedal durch. „Das war das allerletzte Mal, dass wir so etwas durchziehen."

Als die Rücklichter von Lucius Wagen sich langsam entfernten, war die coole Blonde in dem schwarzen Sportwagen über Funk mit ihrem Hauptquartier verbunden: „Änderung der Zielperson bitte bestätigen. Over!", funkte die Stimme aus dem Büro.
„Vertrau mir", antwortete die Frau. „Das ist derjenige, auf den er gewartet hat."

8

Bob schlich auf Zehenspitzen durch die Küche. Er hatte sich das letzte Stück Schokoladenkuchen von einem Teller auf der Anrichte geschnappt und begab sich nun leise ins Wohnzimmer. Plötzlich ging das Licht an. Es war Helen, die im Bademantel in einem der Fernsehsessel saß.

„Du wolltest doch um elf zu Hause sein", sagte sie.

„Ich sagte, wir sehen uns nachher", antwortete Bob.

„Das war mir schon klar", gab Helen sauer zurück. „Also falls wir uns überhaupt sehen würden, wäre es natürlich ‚nachher'."

Helen streckte ihren Arm aus und pflückte einen kleinen Klumpen von Bobs Schulter.

„Ist das Beton?“, fragte sie anklagend.
„Das war doch bloß ein kleiner Trainingsausflug“, verteidigte sich Bob, „nur um in Form zu bleiben.“
Helen kniff die Augen zusammen. „Du weißt doch, wie ich darüber denke, Bob! Wir dürfen nicht schon wieder auffliegen!“
Bob sah an seiner verdreckten Jacke hinunter. „Das Haus war sowieso dabei, einzustürzen“, versuchte er die Sache zu erklären.
„Was, ein Haus ist dabei eingestürzt?“, fragte Helen entsetzt.
„Es stand in Flammen!“, erwiderte Bob. „Und es war baufällig! Ich habe nur die Bevölkerung beschützt. Du tust so, als wäre das falsch.“
„Es ist falsch, Bob, wenn du dadurch deine Familie ein weiteres Mal entwurzelst, nur damit du deine Glanzzeit wieder aufleben lassen kannst!“
Einige Blätter Papier auf dem Couchtisch begannen plötzlich zu knistern, als ein Windhauch durch den Raum wehte.

Bob seufzte. „Also gut, Flash, komm raus. Ich weiß, dass du mithörst."
„Und du auch, junge Dame", fügte Helen hinzu.
Flash kam hinter einer Tür hervor, während Violetta hinter dem Sofa sichtbar wurde.
„Macht euch keine Sorgen Kinder, Mama und ich haben uns nur unterhalten", sagte Bob mit sanfter Stimme.
„Ziemlich laut unterhalten", meinte Violetta.
„Ja, aber das ist nicht schlecht", versuchte Bob zu erklären und tat dabei so gut gelaunt wie er nur konnte, „denn das Allerwichtigste ist, dass Mami und ich immer ein Team sind, wir sind immer eins im Kampf gegen die … ääh …" Bob war nicht sicher, worauf er damit hinauswollte. „… die Macht der …"
„Dickköpfigkeit?", schlug Helen vor.
Bob zögerte. „Nein, ich meinte das Böse oder so was …"
Helen legte ihre Arme um die Schultern der

Kinder. „Es tut uns leid, dass wir euch geweckt haben“, sagte sie. „Es ist alles in Ordnung. Wir sollten jetzt alle schlafen gehen.“

9

Am nächsten Tag saß Bob erneut an seinem winzigen Schreibtisch in seinem winzigen Büroabteil bei Rundum Sorgenfrei. Plötzlich kam ein Anruf.
„Mister Huph möchte Sie in seinem Büro sprechen", sagte eine gelangweilte Stimme.
„Sofort?", fragte Bob nach.
„Sofort!", antwortete die Stimme.
Bob verdrehte die Augen, aber er stand auf, verließ seine fensterlose Arbeitsnische und machte sich auf den Weg in Huphs Büro. Dabei nahm er von der unbekannten Blondine, die hinter ihm in die Nische schlüpfte, keine Notiz.
Huphs Büro war wesentlich größer als das von Bob, fein säuberlich aufgeräumt und ohne jede

persönliche Note – was gut zu Huphs Charakter passte.
„Setzen, Bob“, wies Huph ihn an.
Bob setzte sich, Huph hingegen sprang hinter seinem Schreibtisch auf. So konnte Bob dem klein gewachsenen Mann gerade in die Augen sehen.
„Ich bin nicht zufrieden, Bob“, begann er, „gar nicht zufrieden. Fragen Sie mich doch warum?“
Bob sah genervt auf. „Na schön ... warum?“
„Warum was. Seien Sie präzise, Bob!“ Huph stand mit überkreuzten Armen da und schaute ihn auffordernd an.
Bob wusste, dass ein Besuch in Huphs Büro immer große Geduld erforderte. Auf einmal sah er im Augenwinkel, dass draußen vor dem Fenster etwas vor sich ging. Ein stämmiger Mann hing sehr verdächtig in einer finsteren Seitenstraße herum. Während Bob den Kerl so nebenbei im Auge behielt, stellte er Huph die gewünschte Frage: „Warum sind Sie nicht zufrieden, Mister Huph?“

„Ihre Kunden machen mich unzufrieden, Bob!", rief er.

„Hat sich jemand beschwert?", erkundigte sich Bob.

„Beschwerden kann ich verkraften", antwortete Huph. „Aber was ich nicht verkraften kann, ist das unerklärliche Fachwissen Ihrer Kunden über die internen Abläufe unserer Versicherung. Das sind Experten! Wahre Experten, Bob! Sie nutzen jede Hintertür und kennen jedes Schlupfloch! Sie zerstören unsere Bürokratie!"

„Habe ich etwas Illegales getan?", fragte Bob ruhig.

„Nein!", antwortete Huph irritiert.

„Wollen Sie etwa sagen, wir sollen unseren Kunden nicht helfen?", fragte Bob nun sichtlich verärgert.

„Die gesetzlich vorgeschriebene Antwort lautet ‚Nein'!" Huph knirschte mit den Zähnen.

„Wir sind doch da, um den Leuten zu helfen!", sagte Bob.

„Wir müssen *unseren* Leuten helfen!", brüllte

Huph los. „Und das fängt bei unseren Aktionären an.“ Dann beruhigte er sich wieder. „Wissen Sie, Bob, eine Firma ist wie …“

Gelangweilt sprach Bob den Satz für ihn zu Ende: „…eine riesengroße Uhr …“

Es war nicht das erste Mal, dass sich Bob den Vortrag mit der Uhr anhören musste, in dem Huph von Rädchen und Zähnen laberte. „Alle Zahnräder einer Firma müssen exakt ineinandergreifen, Bob …“, sprach Huph.

Doch Bobs Aufmerksamkeit gehörte längst dem Gangster draußen, der gerade einen Passanten überfiel. Jeder einzelne Muskel in Bobs Körper spannte sich an, er musste etwas tun!

„Wissen Sie, was ich damit meine?“, fragte Huph und schlang seine Finger ineinander. „Bob? Bob, würden Sie mich ansehen, wenn ich mit Ihnen spreche? Parr!“

„Aber, der Mann da draußen“, versuchte Bob zu erklären und ließ das Opfer nicht aus den Augen. „Er braucht Hilfe, er wird gerade überfallen!“

„Na dann wollen wir hoffen, dass er nicht bei uns versichert ist!“, sagte Huph eiskalt, aber Bob war bereits aufgesprungen und sprintete zur Tür.
„Ich bin gleich wieder da“, sagte er.
„Bleiben Sie stehen, oder Sie sind gefeuert!“, drohte Huph.
Bob zögerte. Er dachte an Helen und die Kinder. Huphs Augen verengten sich zu einem Schlitz. Er spürte, dass er jetzt im Vorteil war. Also sagte er selbstbewusst: „Machen Sie die Tür zu.“
Bob ließ langsam die Türklinke los, die er in seiner kräftigen Hand zerquetscht hatte.
„Kommen Sie her zu mir, Bob“, säuselte Huph.
Bob drehte sich zu Huph um. Durch das Fenster sah er das Opfer des Überfalls hilflos auf der Straße liegen. Der Angreifer war entkommen. Bob spürte, wie sein Blutdruck stieg. Plötzlich fuhr sein mächtiger rechter Arm aus und packte Huph an seinem dürren Kragen. Huph entfuhr ein leises Quieken.
Dann konnte die Belegschaft der Firma nur noch

mit ansehen, wie Huph durch vier Bürowände geschleudert wurde und schließlich in einem Aktenschrank landete. Die Papiere stoben in alle Richtungen.

„Oh, oh“, murmelte Bob.

10

„Wie geht es ihm?“, fragte Bob.
„Er lebt“, erwiderte Rick Dicker, der eben aus Huphs Krankenzimmer getreten war.
„Ich bin gefeuert, nicht wahr?“, fragte Bob.
Rick Dicker, der für das Heldenschutzprogramm zuständige Regierungsbeamte, war ein Mann, der immer alles geradeheraus sagte: Ja, Bob war gefeuert. „Wir sind dir für deine früheren Taten dankbar“, sagte er, „aber von nun an bist du auf dich allein gestellt.“
Bob nickte. Er wusste, wie schwierig und teuer es war, einem Helden woanders ein neues Leben zu verschaffen, wenn seine Identität erst aufgeflogen war. Rick hatte Bob mehrmals dabei geholfen.

Rick war schon in den Aufzug des Krankenhauses eingestiegen, da überlegte er es sich anders: „Hör mal, Bob. Vielleicht könnte ich dich doch noch mal umsiedeln, wir sind alte Freunde."
Bob lächelte ihm zu und schüttelte den Kopf. „Nein, das kann ich meiner Familie nicht schon wieder antun. Sie haben sich gerade eingelebt. Ich werd's schon schaffen." Dann machte er sich auf den Weg nach Hause.
Bob bog in die Einfahrt zu seinem Haus ein. Ein Nachbarskind auf einem Dreirad starrte ihn vom Bürgersteig aus an. „Worauf wartest du?", fragte Bob den Jungen, als er aus dem Auto stieg.
„Keine Ahnung", antwortete der Kleine und sah sich um. Er hatte schon einmal beobachtet, wie Bob den Wagen mit einer Hand hochgehoben hatte. „Vielleicht auf etwas Unglaubliches?"
Ein Lächeln huschte über Bobs Gesicht, das jedoch gleich wieder verschwand. „Ja, ich auch, mein Kleiner. Ich auch."
Bob betrat das Haus. Helen kümmerte sich in der

Küche gerade um das Abendessen. Also begab er sich direkt in sein Arbeitszimmer. Es war der einzige Ort, an dem Bob stolz die Erinnerung an die alten Zeiten hochhalten konnte.
Alles hatte er dort ausgestellt: Actionfotos, Zeitungsberichte mit fetten Schlagzeilen, die vielen Zeitschriften, Dankesbriefe und jede Menge andere Beweise seiner Triumphe. Doch das wertvollste Stück der Sammlung hing in einem Glaskasten an der Wand. Es war der alte blauschwarze Superanzug von Mister Incredible.
Heute konnte er es kaum ertragen, ihn anzusehen.
Bob legte seine Aktentasche auf den Tisch, öffnete sie, zog das Mitarbeiterhandbuch der Rundum Sorgenfrei Versicherung hervor und knallte es mit dem restlichen Inhalt seiner Tasche in den Papierkorb.
Aber irgendetwas machte bei der Landung im Papierkorb ein ungewöhnlich lautes Geräusch.
Bob sah in den Müll. Darin lag ein großer, brauner Briefumschlag.

Bob fischte ihn heraus und riss ihn auf. Im Inneren befand sich ein flacher Tablet-Computer. Bob blinzelte und las laut vor, was in der Mitte des Bildschirms stand: „Bitte stillhalten". Plötzlich kam ein blaues Laserlicht aus dem Tablet und legte ein Gittermuster über Bobs Gesicht. Eine Computerstimme begann zu sprechen. „Identifiziert. Mister Incredible."

Bob erschrak und warf das Tablet auf den Tisch. Ein kleiner Stab schob sich daraus hervor und scannte den Raum. „Zimmer ist sicher", sagte die Stimme, „Mitteilung übertragen."

Auf dem Bildschirm tauchte nun die schöne Blonde aus dem schwarzen Sportwagen auf. Bob war überwältigt. „Hallo, Mister Incredible", sagte sie mit seidenweicher Stimme. „Ja, wir wissen, wer Sie sind. Aber keine Sorge, wir werden Ihr Geheimnis für uns behalten. Ich heiße Mirage. Sie und ich, wir haben etwas gemeinsam. In den Augen der Regierung existieren wir beide nicht ..."

Fasziniert trat Bob näher an den Bildschirm heran.
„Ich handle im Namen einer streng geheimen Regierungskommission, die sich mit experimenteller Technologie befasst, und …“, sie zögerte kurz, „wir benötigen ihre außergewöhnlichen Fähigkeiten.“
„Schatz?“ Bob zuckte zusammen. Helen rief aus der Küche nach ihm. „Das Essen ist fertig!“
Bob sah erneut auf das Tablet, wo Mirage ihre Nachricht fortsetzte: „Auf unserer abgeschiedenen Prüfstation hat es einen Zwischenfall gegeben. Der Prototyp eines Roboters, dessen Entwicklung noch in der Testphase ist, ist außer Kontrolle geraten …“
„Schaaatz!“, hörte Bob Helen wieder.
„Jaa, gleich!“, rief Bob Helen zu.
„Er könnte sich selbst und der gesamten Prüfstation immensen Schaden zufügen“, sagte Mirage.
„Ist jemand bei dir?“, schrie Helen.
„Das ist der Fernseher! Ist grade spannend!“,

brüllte Bob zurück. Er rückte noch näher an den Bildschirm.

Dann schnappte er sich einen Bleistift. Er wollte kein einziges Wort der Nachricht verpassen.

„Diese Mission ist streng geheim und existiert offiziell gar nicht“, hörte er Mirage sagen.

„Schalt den Fernseher aus“, rief Helen wieder. „Das Essen ist fertig!“

„Nur noch eine Minute“, schrie Bob.

„Wenn Sie einwilligen, erhalten Sie das Dreifache Ihres aktuellen Jahresgehaltes.“ Bob blieb vor Erstaunen der Mund offen stehen. Gedankenverloren kritzelte er die Worte „Fette Kohle“ auf einen Notizblock.

„Rufen Sie die Nummer auf der Karte an“, sagte Mirage, und schon spuckte das Tablet eine Visitenkarte aus. „Die automatische Stimmerkennung garantiert maximale Sicherheit. Superhelden gibt es noch, Mister Incredible. Sie können noch große Taten vollbringen. Ihre Entscheidung erwarten wir in vierundzwanzig Stunden.“

Der Stift in Bobs Hand hörte auf zu kritzeln, doch im Kopf des ehemaligen Helden rotierte es heftig.
Noch einmal ertönte die Computerstimme: „Diese Nachricht zerstört sich von selbst."
Draußen vor der Tür zu Bobs Zimmer vernahm seine Familie einen dumpfen Knall. Drinnen hingegen hörte Bob, wie seine Familie plötzlich loskreischte, als im Speisezimmer die Deckensprinkler angingen und die Wohnung unter Wasser setzten.

Bob und Helen mussten das ganze Haus nun wieder trocken bekommen. „Du bist in letzter Zeit ganz schön zerstreut", meinte Helen.
„Hmm? Bin ich das?", antwortete Bob, während er mit dem Föhn die Bücher der Kinder trockenblies. „Das ist keine Absicht."
Helen legte den Arm um ihn. „Ich weiß doch, wie sehr du es vermisst, ein Held zu sein, und dein Job frustriert dich. Aber du sollst nur wissen, dass es

mir unheimlich viel bedeutet, dass du trotzdem nicht das Handtuch wirfst."

„Liebling", begann Bob und senkte den Blick, „wegen des Jobs ..."

Helen sah ihn plötzlich besorgt an. „Was ist los?"

„Ähm ... ach, ähm", stotterte Bob. „Es ... ist etwas passiert."

„Was?", fragte Helen.

Bob schluckte. „Also, die Firma ... ähm ... äh ... schickt mich auf eine Tagung", brachte er schließlich hervor. „Ich werde für ein paar Tage weg sein."

„Eine Tagung? Das ist gut, nicht wahr?", fragte Helen hoffnungsvoll. „Siehst du, sie erkennen endlich deine Fähigkeiten!", schloss sie und umarmte Bob.

„Ja", sagte Bob und erwiderte die Umarmung.

Später verzog sich Bob in sein Zimmer. Er nahm das Telefon zur Hand und wählte die Nummer auf der Karte. Eine Frauenstimme meldete sich.

„Hier spricht Mister Incredible“, sagte Bob. „Ich bin dabei.“

Nachdem er aufgelegt hatte, fiel sein Blick auf den Superanzug an der Wand.

11

Das luxuriöse Privatflugzeug schnitt durch die Lüfte, während Mister Incredible es sich in seinem Sitz bequem machte. Er war unterwegs an einen entlegenen, geheimen Ort. Bob trug seinen alten Heldenanzug, der um die Mitte etwas zu eng geworden war, und blickte die wunderschöne Mirage an, die ihm gegenübersaß. Sie fasste Bobs Auftrag noch einmal für ihn zusammen: „Der Omnidroid 9000 ist der streng geheime Prototyp eines Kampfroboters“, sagte sie. „Seine künstliche Intelligenz ermöglicht es ihm, nahezu jedes Problem zu lösen. Unglücklicherweise ist er uns …“

„Lassen Sie mich raten“, sagte Bob. „Er ist so

klug geworden, dass er sich gefragt hat, warum er eigentlich auf die Befehle anderer reagieren soll."

Mirage nickte. „Er ist außer Kontrolle und läuft nun im Dschungel Amok."

„Und wie komme ich da hin?", fragte Bob cool.

„Wir müssen Sie aus zweitausend Metern abwerfen", erklärte Mirage. Es war lange her, dass Bob irgendwo abgeworfen worden war. Er gab sich gelassen, aber innerlich konnte er es kaum mehr erwarten.

„Wir sind ziemlich sicher, dass er sich auf der südlichen Inselhälfte befindet", fügte Mirage hinzu. „Oh, und noch was", sagte Mirage abschließend, „Ihnen ist sicherlich klar, dass es sich bei dem Roboter um eine erhebliche Investition handelt."

Bob verstand. „Sie wollen also, dass ich ihn ausschalte, ohne ihn zu zerstören."

Mirage lächelte. „Sie sind wirklich unglaublich, Mister Incredible."

Selbstbewusst trat Bob an die Rampe der Abwurfkapsel. Doch wie sich herausstellte, erforderte es bereits Superkräfte, überhaupt in die enge Kapsel einzusteigen. Nach mehreren erfolglosen Versuchen wurde er einfach hineingequetscht. Zugegeben, er war nicht in der allerbesten Form.

Mirage trat von außen an die Kapsel und drückte den Knopf einer Sprechanlage.

„Vergessen Sie nicht, er ist ein Lernroboter. Mit jeder Sekunde, in der Sie ihn bekämpfen, lernt er, wie er Sie besiegen kann."

Bob nickte und wiederholte ihre Anweisungen. „Schnell ausschalten, nicht zögern und nicht zerstören."

„Und nicht sterben", fügte Mirage hinzu.

Bob warf ihr ein Lächeln zu, und schon schoss die Kapsel aus dem Flugzeug in die Wolken hinein und nahm Kurs auf die Insel Nomanisan.

Die Kapsel fiel zu Boden und landete im Dickicht des Dschungels. Um aus der Kapsel herauszukommen, blieb Bob nichts anderes übrig, als sie zu sprengen.

Als er sich endlich befreit hatte, machte er sich sofort daran, die Fährte des Roboters aufzunehmen. Mister Incredible war bereit zum Kampf!

Dummerweise war er völlig außer Form. So war er schon mächtig außer Atem, als er die erste Spur entdeckte. Und da brach der Roboter auch schon aus dem Dschungel hervor und attackierte Mister Incredible.

Der leicht übergewichtige und etwas eingerostete Held rang mit dem riesigen, spinnenartigen Roboter. Es war ewig her, seit er das letzte Mal so gekämpft hatte. Es gelang ihm, den Roboter in ein unweit gelegenes Lavaloch zu werfen, doch verrenkte er sich dabei den Rücken.

„Aah, mein Kreuz!“, schrie er.

Rot glühend von der Lava tauchte der Roboter wieder auf und packte Mister Incredible mit seinen Spinnenarmen. Er versuchte, ihn auseinanderzureißen! Da knackte es und Mister Incredible

lachte. Dieser Roboter war ja besser als jeder Chiropraktiker! Er hatte ihm den Rücken wieder eingerenkt.
Mit neuer Kraft befreite er sich, schlüpfte auf die Unterseite des Roboters und bahnte sich einen Weg ins Innere der Maschine. Der Omnidroid schlug nun auf sich selbst ein, um Mister Incredible zu fassen zu bekommen. Er hörte erst damit auf, als er sich selbst kampfunfähig gemacht hatte.

In einem Geheimzimmer des Inselhauptquartiers verfolgten Mirage und ihr unbekannter Auftraggeber den Kampf auf einem Videobildschirm.
„Höchst erstaunlich“, kommentierte der mysteriöse Mann. „Er verdient ein Comeback.“ Dann lächelte er. „Und lade ihn zum Abendessen ein.“

Am Abend hatte sich Bob mit einem eleganten Anzug gekleidet und öffnete nun die Tür, die in den Speisesaal führte. Es war noch keiner da, er war zu früh. Von der Terrasse des Saales hatte man einen herrlichen Blick auf den üppig grünen, tropischen Dschungel. Der schön gedeckte Tisch stand vor einem Wasserfall, in dem geschmolzene Lava floss.

Auf einmal hörte man ein Donnern. Der Lavafluss teilte sich wie ein Vorhang und gab den Blick auf einen Korridor frei. Bob wich zurück und schielte durch einen Spalt in der Tür in den Speisesaal. Hinter dem Lavafall konnte er zwei Gestalten sehen: Eine davon war Mirage, doch die andere war durch den Schein der heißen Lava nicht zu erkennen. Bob schloss die Tür. Nur wenige Augenblicke später öffnete Mirage von innen und sah Bob, der – wie ihr schien – eben erst zum Abendessen eingetroffen war.

„Bin ich zu fein angezogen?“, fragte er, als er eintrat.

Mirage schenkte ihm ein zufriedenes Lächeln. „Ganz im Gegenteil, ich finde, Sie sehen ausgezeichnet aus.“

Sie saßen am Tisch, hinter ihnen fiel der rote Lavafall herab. „Ich nehme an, unser Gastgeber ist …“, begann Bob.
„Oh, tut mir leid, aber er kann heute Abend nicht dazukommen“, sagte Mirage entschuldigend. „Er bittet um Ihr Verständnis.“
„Natürlich“, antwortete Bob beiläufig. „Obwohl ich normalerweise Wert darauf lege, meine Kunden persönlich zu kennen.“
Doch Mirage erklärte ihm, dass ihr Boss es bevorzuge, unerkannt zu bleiben. „Das können Sie vermutlich am besten verstehen“, sagte sie lächelnd.
Bob sah sich um. „Eins versteh ich aber nicht … warum würde sich jemand, unter allen Orten dieser Welt, ausgerechnet diesen hier aussuchen?“
„Sie meinen den Vulkan?“ Mirage lachte. „Die Kraft zieht ihn magisch an. Und mich auch.“
Sie rückte näher an Bob heran. „Es ist eine Schwäche, die wir teilen.“
„Das klingt ziemlich gefährlich“, sagte Bob.

„Ich bevorzuge eher das Wort ‚missverstanden'", sagte Mirage und sah Bob über den Rand ihres Glases hinweg an.

12

Als Bob nach Hause zurückkehrte, fühlte er sich wie neu geboren. In den folgenden Wochen nahm er sein Training wieder auf, um in Form zu kommen. Er kaufte sich den brandneuen Sportwagen, von dem er immer geträumt hatte, und ein neues Auto für Helen. Zum ersten Mal seit vielen Jahren fühlte er sich wieder *unglaublich* gut.

Als er eines Morgens wieder heimlich seinen Mister Incredible-Anzug einpacken wollte, bemerkte er einen Riss.

„Beeil dich, Liebling, sonst kommst du noch zu spät zur Arbeit!“, rief Helen. Eilig stopfte Bob den Anzug in die Aktentasche und ließ sie zuschnappen. Er hatte Helen immer noch nicht gebeichtet, dass er bei der Versicherung rausgeflogen war. Daher tat er jeden Morgen so, als würde er zur Arbeit fahren.

Auf der Türschwelle umarmte ihn Helen zum Abschied. „Pass auf dich auf, Schatz! Und auf deine Kunden! Und deine Karriere …“, sagte sie, zufrieden mit der neuen Energie, die Bob in seine Arbeit steckte.

Bob winkte noch einmal aus dem neuen Schlitten, ließ den Motor ein klein wenig aufheulen und fuhr rückwärts aus der Einfahrt.

Eine Stunde später hielt er vor einem hoch aufragenden Tor, das mit Laserstrahlen gesichert war, lehnte sich aus dem Fenster und blickte in die Kamera der Videoüberwachung.

Ein Videoschirm leuchtete auf. „Haben Sie einen Termin?“, erkundigte sich ein Wachmann mit humorloser Stimme.

„Ich bin ein alter Freund“, antwortete Bob. „Ich wollte bloß …“

„Aus dem Weg, Rolf!“, ertönte plötzlich eine

kratzige Stimme über den Lautsprecher. „Haben Sie keinen elektrischen Zaun zu kontrollieren oder so was?“

Außer dem Wachmann konnte Bob auf dem Bildschirm zuerst niemanden erkennen, doch dann tauchte am unteren Bildrand ein bekanntes Gesicht mit einer großen, schwarz geränderten Brille auf. Es war seine alte Freundin Edna Mode, eine international erfolgreiche Modedesignerin.

„Was ist?“, fragte sie mit ihrem schroffen, aber sympathischen Akzent. „Was wollen Sie hier?“

Bob nahm seine Sonnenbrille ab und grinste in die Überwachungskamera. Edna, die ihre alten Freunde immer nur als E bezeichnet hatten, war fassungslos. „Mein Gott, bist du dick geworden!“, rief sie aus. „Komm rein!“

Die Lasersicherung wurde ausgeschaltet, so konnte Bob durch das Tor und über die lange Auffahrt bis zu Ednas Haus fahren. E, die mittlerweile über sechzig war, empfing Bob mit großer Herzlichkeit, als er ihr modernes, wie eine Bildergalerie eingerichtetes Zuhause betrat. Sie streckte ihren Arm hoch und hakte sich bei Bob unter. Gemeinsam gingen sie in ein gigantisch großes Wohnzimmer.

„Tja, das Geschäft läuft noch gut", sagte sie und seufzte, „aber es ist nicht mehr wie früher. Gar nicht mehr wie früher."

Bob nickte zustimmend. „Warst du nicht neulich im Fernsehen?", fragte er. „Bei so einer Modenschau in England?"

„Mailand, Darling, Mailand. Supermodels! Dass ich nicht lache! An denen ist überhaupt nichts super! Pah ... Ich habe schon Götter angezogen!"

Dann sah Edna Bob voll Hoffnung an. „Aber vielleicht hast du ja eine Herausforderung für mich?"

Bob hielt seinen Anzug hoch. „Ich hab nur ein paar Löcher zu stopfen."

Edna schnappte sich den zerrissenen Anzug. „Das ist Megamasche", erklärte sie Bob ungeduldig,

„zwar altmodisch, aber sehr robust. Und du hast ihn total zerfetzt."

Sie sah hoch. „Was hast du damit gemacht, Bobby? Arbeitest du als Undercover-Held?"

Bob versuchte, ganz unwissend zu wirken. „Das, äh, ist bestimmt schon vor langer Zeit kaputtgegangen."

„Ah", erwiderte Edna, der sofort alles klar war, „ich verstehe." Sie stand auf. „Dieser Anzug sieht aus wie ein Pyjama, Darling", verkündete sie streng. „Damit kannst du dich nicht sehen lassen. Ich verbiete es. Vor fünfzehn Jahren vielleicht, aber jetzt nicht mehr!" Sie schüttelte den Kopf und warf den Anzug in den Müll.

„Das sagst ausgerechnet du?", fragte Bob und sprang auf, um sich den Anzug wiederzuholen. „Du hast ihn doch entworfen!"

„Die Vergangenheit ist passé, Darling", sagte Edna und machte eine wegwerfende Bewegung. „Sie lenkt von der Gegenwart ab. Du brauchst einen neuen Anzug. So viel ist sicher."

„Einen neuen Anzug?“ Bob erschrak. „Woher soll ich denn jetzt ...“
„Warum fragst du nicht, bevor ich wieder zur Vernunft komme?“, meinte E. Es war ein Wink mit dem Zaunpfahl.
„Warte mal“, dämmerte es Bob endlich. „*Du* willst mir einen Anzug machen?“
Edna begann auf einmal, wie wild mit ihren kurzen Armen zu gestikulieren. „*Gewagt* wird er sein! Dramatisch! Heldenhaft!“
„Ja!“, stimmte Bob ihr begeistert zu, „etwas Klassisches, wie ... Turboman! Oh, der sah so toll aus, mit dem Cape und den Stiefeln ...“
„Kein Cape“, unterbrach ihn Edna.
„Solltest du das nicht mir überlassen?“, fragte Bob.
Edna baute sich mahnend vor ihm auf und erinnerte ihn an all die ehemaligen Helden mit Cape.
„Weißt du noch, Thunderman?“, fragte sie.
Bob erschauderte.
„Groß, konnte super Gewitter machen, ein netter

Kerl, sehr kinderfreundlich. Sein Cape verfing sich am Flügel einer Rakete."
„Na ja, Thunderman war auch keine große Leuchte", versuchte Bob sie umzustimmen.
Edna hob eine Augenbraue und ratterte eine Liste von Helden herunter, die wegen ihres Capes ein tragisches Schicksal ereilt hatte.
„Stratogirl," begann sie, „wurde in ein Düsentriebwerk gesaugt."
Bob seufzte.
„Metaman", zählte Edna weiter auf, „Expresslift. Turboman, verhakte sich beim Start."
Sie sah Bob entschlossen in die Augen. „Kein Cape." Er sah ein, dass darüber mit E nicht zu verhandeln war. Doch dann lächelte sie. „Lass mich jetzt", sagte sie, „bis zu deinem nächsten Auftrag ist der Anzug fertig."
„Es sind nur ein paar Löcher zu stopfen", wiederholte Bob und sah seinen alten Anzug an. „Tu's mir zuliebe."
„Na schön", seufzte sie und nahm ihm den

„Pyjama“ aus der Hand. „Deinen Strampelanzug werde ich dir auch flicken.“
Bob lächelte seine alte Freundin dankbar an. „E, du bist einfach die Allerbeste!“
Edna kniff die Augen zusammen und lächelte. „Ich weiß, Darling, ich weiß!“

13

Helen kümmerte sich zu Hause um die Wäsche. Sie war gerade dabei, Bobs Hemden aufzuhängen, als ihr etwas Seltsames ins Auge stach: ein langes, blondes Haar, das kurz auf seinem Jackett aufblitzte. Dann läutete das Telefon. Bob schrie, *er* wolle rangehen und nahm in seinem Arbeitszimmer ab. Aber Helen war nicht dumm: Sie griff sich den Hörer des Schlafzimmertelefons und hörte mit. Eine Frauenstimme sagte: „Wann können wir uns sehen?"

„Ich fahre morgen früh", antwortete Bob eilig und legte auf.

„Wer war das, Schatz?", fragte Helen, als Bob aus seinem Zimmer kam. „Die Firma?"

Bob zuckte mit den Schultern: „Ach, nur wieder eine Tagung. Ziemlich kurzfristig, aber du weißt ja, wenn die Pflicht ruft …“ Bob lächelte, aber Helen wurde langsam misstrauisch.

Am nächsten Morgen saß Mister Incredible erneut in dem schnittigen Privatflugzeug. Doch diesmal trug er dabei seinen funkelnagelneuen Superanzug – dramatisch, heldenhaft, rot. Kein Cape. Mister Incredible nippte an seinem Getränk, während das Flugzeug durch die Wolken sauste.

Über den Lautsprecher ertönte eine Stimme: „Hier spricht Ihr Autopilot. Die Temperatur auf Nomanisan beträgt 25 Grad. Bitte schnallen Sie sich an, wir befinden uns im Landeanflug.“

Mister Incredible sah aus dem Fenster, während das Flugzeug langsam sank. Unten näherte sich bereits die fruchtbare, grüne Vulkanlandschaft von Nomanisan.

Plötzlich bemerkte Mister Incredible, dass der

Autopilot die Triebwerke abgeschaltet hatte. Das Flugzeug stürzte senkrecht nach unten und tauchte mit der Nase voraus ins Meer. Sobald es eingetaucht war, verwandelte es sich in ein ultraschnelles Unterseeboot. Flink schlängelte sich das Boot durch Felsformationen auf dem Meeresgrund und nahm Kurs auf Nomanisan. Währenddessen beobachtete Mister Incredible durch das Fenster die atemberaubende Unterwasserwelt. Vor ihnen öffnete sich eine Andockstation. Das Boot tauchte durch einen blauen Vorhang aus Luftbläschen, die von abkühlender Lava erzeugt wurden, und kam zum Stillstand. Das umliegende Wasser floss ab, bis das Boot im Trockenen stand. Mister Incredible hörte, wie mit einem metallischen Geräusch eine Passagierbrücke an der Flugzeugtür andockte.

„Hallo, Mister Incredible“, begrüßte ihn Mirage, als sich die Tür öffnete. „Schön, Sie wiederzusehen.“

Beide bestiegen eine bereits wartende Transportkapsel, die sie auf Schienen blitzschnell aus der Lagune durch den Dschungel bis ins Hauptquartier der Insel beförderte.

Mirage begleitete Mister Incredible zu seinem Zimmer und teilte ihm mit, dass er für die Einsatzbesprechung um zwei Uhr in den Konferenzraum kommen solle.

14

Helen hatte einen weniger aufregenden Tag. Sie räumte Bobs Arbeitszimmer auf und wischte den Staub von dem Glaskasten mit dem alten Superanzug. Da bemerkte sie, dass der Kasten offen war. Bei genauerem Hinsehen erkannte sie eine lange, beinahe unsichtbare Naht. Helen war entsetzt. Der Anzug war also kürzlich geflickt worden.

„Edna“, murmelte sie zu sich selbst. Helen war überzeugt, dass so eine feine Handwerkskunst von niemand anderem kommen konnte.

Wenn Bob nebenbei Heldenaufträge übernahm, wollte sie es wissen. Also gab es nur eine Möglichkeit: Sie griff sich das Telefon und wählte eine

Nummer, von der sie gedacht hatte, sie nie wieder benutzen zu müssen.
„Hallo, ich möchte bitte mit Edna sprechen", sagte Helen in den Hörer.
„Am Apparat", antwortete Edna.
„Hallo E, ich bin's, Helen."
„Helen wer?", fragte Edna in ihrer typisch rauen Stimme.
„Helen Parr, du weißt schon … Elastigirl."
Edna war ganz aus dem Häuschen vor Freude.
„Darling!", rief sie. „Es ist lange her, dass wir uns gesprochen haben. Viel zu lange!"
„Ja, es ist wirklich lange her", antwortete Helen.
„Hör mal E, es gibt nur eine einzige Person, der Bob seinen Superanzug anvertrauen würde, und das bist du."
„Ja, ja, er ist schön geworden, nicht wahr? Viel besser als dieser Strampelanzug, den er früher anhatte. Sie sind alle schon fertig, wann kommst du vorbei? Ich will dich nicht anflehen, Darling, so was gehört nicht zu meinem Repertoire."

„Flehen? Nein, ich ruf an, um … also … äh … also, ich ruf an wegen Bobs … Anzug“, schloss Helen.

„Ich erwarte dich in einer Stunde, Darling“, sagte Edna. „Ich bestehe darauf. Okay? Bis gleich.“

15

Unterdessen wartete Mister Incredible in dem riesigen Konferenzraum darauf, in seine nächste gefährliche Mission eingeweiht zu werden. Er sah auf die Uhr. Es war Punkt zwei.

Auf einmal wurde ein Tor am anderen Ende des Raumes aufgestoßen. Doch herein trat nicht Mirage. Es war ein neuer Omnidroid, der dort in der großen Türöffnung stand, die hinaus in den Dschungel führte. Allerdings war dieses Modell anders als der Omnidroid, den Bob schon kannte.

„Ja, er ist größer!“, dröhnte eine Stimme über die Lautsprecheranlage, während Mister Incredible versuchte, an dem Roboter vorbeizuschleichen.

„Und gemeiner!", fuhr die Stimme fort. Der Omnidroid schien jede Bewegung des Helden vorherzusehen. „Das ist das Ende von Mister Incredible!", donnerte die Stimme.
In diesem Moment ergriff der Roboter Bob mit seiner Riesenkralle und schleuderte ihn hinaus auf eine Lichtung im Dschungel. Er packte den Helden mit einem Arm, während zwei weitere zu rotieren begannen und sich immer enger um seinen Hals schlossen. Da erschien plötzlich eine stämmige Gestalt mit wild zerwühlten Haaren auf der Bildfläche, deren Anzug so hell war, dass er Bob blendete.
„Er ist endlich fertig!", lachte der Fremde mit dem Cape. „Nachdem du den letzten vermöbelt hast, musste ich ihn von Grund auf erneuern. Natürlich war's nicht einfach, aber du bist es mir wert. Ich bin doch immerhin … dein allergrößter Fan!"
Als Mister Incredible erkannte, mit wem er es zu tun hatte, verfinsterte sich sein Blick. „Buddy?"

„Mein Name ist nicht Buddy!“, rief der Mann, dann drückte er einen Knopf auf seinem breiten Platinarmband. Der Omnidroid schleuderte Mister Incredible erneut von sich. „Und Incrediboy heiße ich auch nicht mehr, das ist schon längst vorbei. Dabei wollte ich dir doch immer nur helfen. Ich wollte wirklich nur helfen! Und was war deine Antwort darauf?“
Mister Incredible erinnerte sich an seine Worte: Flieg nach Hause, Buddy. Ich arbeite allein.
„Es war falsch von mir, dich so zu behandeln, es tut mir leid“, sagte der Held.
„Na siehst du. Jetzt respektierst du mich, weil ich eine Gefahr für dich darstelle. So läuft das eben. Du wärst überrascht, es gibt ganze Völkerscharen, die Respekt dringend benötigen. Und sie werden ein Vermögen ausgeben, um ihn zu bekommen. So bin ich reich geworden. Ich habe Waffen entwickelt. Und nun habe ich eine Waffe, die nur ich allein besiegen kann, und sobald ich sie auf die Menschen loslasse, wird mir jeder Mensch

Respekt entgegenbringen. Denn mein Name ist Syndrom!"
Schnell griff sich Mister Incredible einen abgebrochenen Ast und schleuderte ihn mit all seiner Superkraft auf Syndrom. Der aber wich rechtzeitig aus und schoss einen Strahl aus seinem Zeigefinger, der den Helden mitten in die Brust traf. Mister Incredible erstarrte.
„Du Schlitzohr! Du hast mich dazu gebracht, dir einen Vortrag zu halten!" Syndrom gluckste vor Vergnügen. Doch dann, mit einem mühelosen Wink seines Zeigefingers, ließ er Mister Incredible mit ungeheurer Wucht gegen einen Baum knallen.
„Ziemlich cool, oder? Nullpunktenergie. Ja, ich behalte die besten Erfindungen für mich."
Mit einer winzigen Fingerbewegung fing er Mister Incredible erneut in seinen Immobi-Strahl ein und ließ ihn bewegungsunfähig in der Luft hängen.
„Na? Bin ich dir jetzt gut genug? Wer ist jetzt hier der Held?", verhöhnte Syndrom Mister Incredible, während er ihn wieder und wieder auf dem

Boden aufschlagen ließ. „Ich bin Syndrom. Dein Erzfeind! Und …“

Syndrom ertappte sich dabei, wie er schon wieder Vorträge hielt und darüber nicht gemerkt hatte, dass der Aufprall von Mister Incredibles Körper auf dem Boden diesmal fehlte. Suchend flog er über das Blätterdach des Dschungels und sah nur noch, wie Mister Incredible einen gewaltigen Wasserfall hinabstürzte.

Syndrom lugte über einen Felsvorsprung und sah, dass der entflohene Held am Fuß des Wasserfalls in den Fluss eintauchte. Voller Zorn entnahm er seinem Armband ein kleines Gerät, das die Form eines Lutschers hatte, und warf es ins Wasser. Es war eine kleine Bombe mit enormer Sprengkraft. Die Druckwelle katapultierte Mister Incredible durch eine Unterwasserhöhle in eine Felsgrotte. Erschöpft sah er sich dort nach einem Ausgang um, da stieß er plötzlich auf das Skelett von Gazerbeam. Er erkannte den ehemaligen Kollegen an der Laserbrille, die noch immer auf seinem

Schädel saß. Er erinnerte sich daran, dass Gazerbeam als vermisst gemeldet worden war. Traurig schüttelte er den Kopf. Aber eines musste Mister Incredible seinem alten Kumpel lassen: Es war ihm gelungen, im Moment seines Todes mit seinen Laseraugen das Wort KRONOS an die Höhlenwand zu schreiben.

Mister Incredible war sicher, dass es eine wichtige Botschaft war, aber was sollte sie bedeuten?

Das Klicken einer elektronischen Sonde, die eben in die Grotte flog, unterbrach seine Gedanken. Schnell versteckte sich Mister Incredible hinter dem Skelett von Gazerbeam. Die Sonde untersuchte die gesamte Höhle und machte schließlich bei dem Skelett halt.

Mister Incredible hielt den Atem an und schloss die Augen. Die Sonde machte *Pieps!* und verließ die Höhle.

Sie kehrte zu Syndrom zurück. „Keine Lebenszeichen“, berichtete sie. „Mister Incredible ist eliminiert.“

Syndrom senkte einen Augenblick den Kopf, als zeige er Respekt vor seinem früheren Idol, doch dann begann er höhnisch zu lachen.

16

Edna führte Helen die Treppe hinunter in ihr geheimes Labor. „Dieses Projekt hat mich voll und ganz vereinnahmt, Darling ... So nimmt mich nur die Superheldenarbeit mit“, erklärte E mit der für sie typischen Begeisterung. „Das ist meine allerbeste Arbeit, das muss ich zugeben. Schlicht, elegant, jedoch gewagt. Zum Niederknien. Ich entwarf Bobs Anzug und es machte so viel Spaß, dass ich nicht mehr aufhören konnte.“

„Ich weiß nicht die Bohne, wovon du redest“, unterbrach sie Helen, „Ich wollte bloß ...“

„Du hast recht, Worte sind wertlos“, pflichtete Edna ihr bei. „Ich zeige dir meine Arbeit. Deshalb bist du ja hier, nicht wahr?“

Sie drehte sich zur Wand um. „Edna … Mode“, sprach sie in ein Mikrofon und durchlief noch eine Reihe weiterer Sicherheitschecks. Plötzlich öffnete sich eine Deckenplatte. Zum Vorschein kam ein riesiges Maschinengewehr, das seinen Lauf direkt auf Helen richtete. Eilig sprach Edna noch einmal ins Mikrofon: „Und Gast!“

Die Waffe verschwand wieder in der Zimmerdecke. Danach schob sich vor ihnen die Wand auf, hinter der Ednas geheimes Testlabor für die Entwicklung von Heldenanzügen versteckt lag.

„Komm, setz dich“, sagte Edna und bot Helen eine Tasse Kaffee an. „Milch und Zucker?“, erkundigte sie sich.

Helen setzte sich in einen gemütlichen Sessel. Gerade wollte sie Edna nach Bobs Superanzug fragen, als das Licht im Labor gedimmt wurde.

„Ich habe bei dem Baby angefangen“, begann Edna voller Begeisterung zu erzählen.

„Angefangen?“, wunderte sich Helen.

„*Psss*, Darling, *psss* …“, machte Edna, als in

einem gläsernen Vorführraum plötzlich ein gesichtsloses Modellbaby in einem winzigen roten Anzug zum Vorschein kam und sich dort langsam von einer Seite zur anderen bewegte. „Für mehr Bewegungsfreiheit habe ich ihn weit geschnitten."

Dann ging das Innere der Kammer in Flammen auf. Helen schreckte zurück.

„*Und*", ergänzte Edna stolz, „der Anzug kann Temperaturen bis zu tausend Grad problemlos standhalten." Nun folgte dem Feuer eine Reihe von Maschinengewehrschüssen. „Von oben bis unten kugelsicher und maschinenwaschbar bis sechzig Grad, Darling! Das hatten wir noch nie!"

Helen war fassungslos. „Was in aller Welt soll das Baby damit tun?", fragte sie.

„Ich hab keinen blassen Schimmer, Darling. Aber Hauptsache, es ist vorbereitet. Egal, was für Superkräfte das Baby hat, das ist nur die Standardausführung", erklärte E.

„Jack-Jack hat überhaupt keine Superkräfte",

meinte Helen, während sie auf den kleinen schusssicheren Anzug starrte.
„Ach nein? Oh, er wird trotzdem hinreißend darin aussehen“, sagte E verzückt.
Die Babypuppe verließ auf der einen Seite den Raum, und schon kam von der anderen Seite das Modell eines jungen Burschen herein, der rasend schnell lief. Die Arme und Beine wurden immer schneller, sodass man sie am Ende nur noch ganz verschwommen sah.
„Der Anzug deines Bengels kann immense Reibung aushalten“, erklärte Edna stolz. „Der Anzug deiner Tochter war kniffliger“, sprach Edna weiter, als die nächste Vorführpuppe den Raum betrat. „Aber am Ende ist es mir gelungen, ein robustes Material zu entwickeln, das genauso schnell unsichtbar wird wie sie.“
Alle Heldenanzüge waren rot und passten mit dem hell leuchtenden „i“ für Incredible auf der Brust perfekt zueinander. Helen war beeindruckt.
„Dein Anzug dehnt sich mit dir mit und macht

dich trotzdem schlank. So verhindert er Verletzungen, verliert aber nie seine Passform", erklärte Edna, als wollte sie das Beste für den Schluss aufheben.

Der speziell für Helen angefertigte Anzug erschien in der Glaskammer. Dazu tauchten zwei große Roboterarme auf und schnappten sich die beiden Ärmel des neuen Superanzugs. Zwei weitere ergriffen die Beine, und alle vier zogen und verdrehten den Anzug nun in alle Richtungen.

„Nahezu unverwüstlich!", freute sich Edna. „Und doch ist er weich wie feinste Baumwolle. Besonders hervorzuheben ist der Sender, der in jeden Anzug eingenäht ist. Auf Knopfdruck informiert er dich über den genauen Standort des jeweiligen Familienmitglieds."

Das Licht in Ednas Labor ging wieder an und die Vorführkammer verfinsterte sich. „Nun, Darling? Was hältst du davon?", fragte Edna.

„Was ich davon halte? Bob ist im Ruhestand! Ich bin im Ruhestand! Unsere Familie lebt versteckt!

Und du hilfst meinem Mann dabei, hinter meinem Rücken als Superheld zu arbeiten?", rief Helen aus.
„Tja, ich dachte, du wüsstest davon, Darling! Er würde dir doch nichts verheimlichen?", fragte E unschuldig.
„Das würde er nicht ... hat er nicht ... könnte er nicht!", stammelte Helen.
„Weißt du, wo er sich aufhält?", erkundige sich Edna und legte den Kopf schief.
Helen antwortete nicht gleich. „Natürlich", sagte sie dann.
Edna nahm das Telefon zur Hand und reichte es Helen. „*Weißt* du, wo er sich aufhält?", fragte sie erneut.
Helen wählte die Nummer von Rundum Sorgenfrei. „Hallo? Hier spricht Helen Parr. Ich bin Bob Parrs Frau. Ich rufe an wegen der Telefonnummer seines Hotels. Ich hab sie nicht mehr ..."
„Mister Parr arbeitet nicht mehr bei Rundum Sorgenfrei", antwortete die Telefonistin höflich.

„Was soll das heißen? Er ist auf einer Geschäftsreise, einer Firmenkonferenz ...“, stammelte Helen wieder.
„Laut meinen Akten wurde er schon vor über zwei Monaten gekündigt“, sagte die Telefonistin immer noch höflich.
Helen reichte Edna das Telefon zurück. Ihr Ausdruck war wie versteinert.
„Aha“, sagte Edna und schüttelte den Kopf. „Du weißt also nicht, wo er sich aufhält. Möchtest du es herausfinden?“, fragte sie und hielt das Empfangsgerät des Peilsenders hoch.
Helen drückte auf den Knopf.
„Ich bin so ein Vollidiot!“, ärgerte sie sich lautstark. „Es ist meine Schuld! Ich habe es zugelassen. Der neue Sportwagen, das Fitness-Training!“
„Ja“, seufzte Edna, die so ähnliche Geschichten schon kannte. „Er will seine Vergangenheit wiederhaben.“
Sie hatte recht. Helen wusste, dass Bob als Mister Incredible ein glücklicherer Mensch gewesen war.

„Und nun verliere ich ihn!“, jammerte sie. „Was soll ich tun? Was in aller Welt soll ich nur tun?“

„Was faselst du da überhaupt?“, fragte Edna, die mit ihrer Geduld am Ende war. *„Du bist Elastigirl!* Mein Gott, reiß dich doch zusammen! Du wirst ihm zeigen, dass er noch Mister Incredible ist. Und ihn gleichzeitig daran erinnern, wer *du* bist. Du weißt doch, wo er steckt“, schloss Edna und drückte Helen das Empfangsgerät in die Hand. „Geh. Stell dich dem Problem! *Kämpfe!* Und *gewinne!*“

Sie begleitete Helen zur Tür. „Und ruf mich an, wenn du wieder da bist, Darling. Wir trinken ’nen Kaffee zusammen.“

17

Zur gleichen Zeit überlegte Mister Incredible auf der Insel Nomanisan, wie es ihm gelingen könnte, unbemerkt zu Syndroms Hauptquartier zurückzukehren und das Kontrollzentrum lahmzulegen.

Er schnappte sich die erstbeste Transportkapsel, die durch den Urwald surrte, überwältigte die Wachen, flitzte zur Eingangspforte des Hauptquartiers und gelangte so ins Innere der Anlage.

Sobald er weiter in das Gebäude vorgedrungen war, steuerte er direkt auf den Speisesaal zu, denn er wusste, dass es von dort einen geheimen Durchgang zu Syndroms Kontrollraum gab.

Mister Incredible stellte sich vor den Lavafall,

wusste jedoch nicht, wie man hindurchgehen konnte. Kurzerhand griff er nach einer großen Steinstatue, die am anderen Ende des Speisesaals stand, und hielt sie sich über den Kopf. Sein Plan war, die Skulptur als Rammbock zu benutzen. Gerade war er drauf und dran, damit loszurennen, als sich der Lavavorhang von allein zur Seite schob. Im allerletzten Moment stellte er die Statue wieder an ihren Platz zurück und versteckte sich dahinter.

Mirage trat aus der Lava und durchquerte den Raum. Der Vorhang begann bereits, sich wieder hinter ihr zu schließen. Da huschte Mister Incredible in den immer enger werdenden Durchgang und konnte sich am Ende nur noch mit einem Sprung vor der heißen Lava retten.

Er folgte der Bodenbeleuchtung, die ihn direkt zu einem Kommandosessel vor einem riesigen Bildschirm führte. Er setzte sich und tippte KRONOS in die Tastatur.

Auf dem Bildschirm erschien Syndroms Plan, wie

er seinen verbesserten Omnidroiden auf die Welt loslassen wollte. Danach tauchte eine Liste aller Helden auf, die das böse Superhirn bereits auf die Insel gelockt und zur Strecke gebracht hatte. Er hatte sie als Testpersonen genutzt, um seinen Omnidroiden zu perfektionieren.
Mister Incredible schüttelte entsetzt den Kopf. DYNAGUY: ELIMINIERT. GAZERBEAM: ELIMINIERT. Die Liste schien kein Ende zu nehmen.
Dann fiel sein Blick auf die nächste Zeile: FROZONE: AUFENTHALTSORT BEKANNT. Jetzt kam ihm Helen in den Sinn. Er suchte nach ihrem Namen. Da! ELASTIGIRL: AUFENTHALTSORT UNBEKANNT. Mister Incredible atmete erleichtert durch, doch seine Freude war nur von kurzer Dauer.
Der Peilsender an seinem Anzug wurde aktiviert! Ein Alarm ertönte. Mister Incredible versuchte noch, zu entkommen, doch zu spät. Geschütze schoben sich aus den Wänden und beschossen ihn

mit klebrigen Schaumkugeln. Als die Masse ihn langsam verschlang, konnte Mister Incredible nur noch eine einzige Sache erkennen: die hochhackigen Schuhe von Mirage. Er saß in der Falle.

18

Zu Hause bei den Parrs traf Helen schnell ihre Reisevorbereitungen.

„Im Kühlschrank sind noch Reste, die ihr aufwärmen könnt“, erklärte sie Violetta. „Sorg dafür, dass Flash seine Hausaufgaben macht und bitte, geht beide rechtzeitig ins Bett. Es wird wohl spät werden, sehr spät. Du übernimmst solange das Kommando, ja?“

„Ja, aber *warum* hab ich das Sagen?“, fragte Vi.

„Ach, es ist nichts, nur ein bisschen Ärger mit Daddy“, erklärte Helen.

„Heißt das, dass Dad Ärger hat? Oder dass Dad den Ärger verursacht?“, wollte Vi wissen.

„Das heißt, dass er welchen hat, oder noch wel-

chen bekommt“, sagte Helen mit finsterer Miene und betrat das Schlafzimmer.
Dort zog sie eine kleine Reisetasche aus dem Wandschrank und packte ein paar Sachen ein. Dann hielt sie ihren Superanzug hoch. Helen atmete tief durch und stopfte den Anzug in die Tasche.
Flash traute seinen Augen kaum, als er in diesem Moment an der Schlafzimmertür vorbeikam.
„Hey, wo hast du das her, Mom?“, fragte er, als er den roten Anzug sah. „Du hast dir ein cooles Outfit besorgt?“
Helen streckte ihren elastischen Arm zur Tür aus und stieß sie zu. Aber Flash rannte los und erschien im nächsten Augenblick draußen vor dem Fenster. Von dort sah er die gleich aussehenden Anzüge für die ganze Familie, die auf dem Bett ausgebreitet lagen.
„Wow, sind die für uns? Kriegen wir alle coole Outfits?“, fragte er begeistert.
Helen ließ die Tür los und schloss stattdessen die

Jalousien. Da schoss Flash zurück zur Tür, schnappte sich seinen Superanzug und verschwand.
„Na warte – Flash! Du kommst jetzt sofort hierher!“, brüllte Helen. Doch in diesem Augenblick läutete das Telefon.
Es war Kenny, ein Freund aus alten Zeiten, der eines der schnellsten Flugzeuge, die jemals gebaut wurden, besaß.
„Hallo, Kenny! Danke, dass du zurückrufst. Hör zu, ich weiß, es ist kurzfristig, aber ich hatte gehofft, du könntest mir vielleicht einen Gefallen tun. Immerhin schuldest du mir noch etwas!“, sagte Helen in den Hörer.
„Wo brennt's denn?“, fragte Kenny.
„Ich brauche ein Flugzeug“, sagte Helen kühl. „Und zwar ein ganz schnelles.“
„Lass mal sehen ...“, sagte Kenny.
Da betrat Violetta das Schlafzimmer. „Was ist denn das?“ Sie meinte die roten Anzüge auf dem Bett.

Flash tauchte neben ihr auf. „Sieh mal“, sagte er stolz. Er hatte seinen Superanzug angezogen und betrachtete sich nun lächelnd im Spiegel. „Ich bin ‚The Flash‘!“

„Bleib kurz dran“, meinte Helen zu Kenny und legte die Hand auf den Hörer, damit er nicht hören konnte, was sie zu den Kindern sagte.

„Zieh das aus, bevor dich jemand sieht!“, befahl sie Flash.

„Aber du hast doch auch so einen in deinem Koffer“, protestierte Vi und zeigte auf das rote Kleidungsstück in Helens Tasche. „Was willst du uns verheimlichen?“

„Bitte Schatz“, sagte Helen, „ich telefoniere grade.“

Flash nahm Violettas Anzug und reichte ihn ihr. „Es ist deins!“, rief er. „Ein Sondermodell!“

„Sag mal, was geht hier eigentlich vor?“, wunderte sich Violetta und sah ihre Mutter an. Helen schubste beide Kinder in den Flur und schloss die Tür.

Draußen hielt Violetta immer noch ihren Anzug in der Hand. „Was ist denn *daran* so besonders?“, fragte sie Flash.
„Hm, keine Ahnung“, antwortete Flash. „Aber warum wollte Mom es verstecken?“, analysierte Flash, bevor er wieder fortsauste.
Vi besah sich ihren Anzug und fragte sich, was das wohl alles sollte. Dann machte sie ihre Hand unsichtbar und berührte mit einem Finger den Stoff. Da sah sie, wie der Anzug in ihrer Hand verschwand.
„Wow!“, rief sie begeistert.

Es war lange her, seit Helen zum letzten Mal ein Flugzeug geflogen hatte, doch bald hatte sie sich wieder daran gewöhnt.
„Insel-Anflugkontrolle, India Golf Neun Neun, guten Tag, VFR oberhalb Wolkendecke, over!“, sprach Helen in ihr Headset.
Sie hatte Bob mithilfe des Peilsenders auf der kleinen Vulkaninsel ausfindig gemacht, die jetzt

unter ihnen lag. Doch der Flughafentower meldete sich nicht.
Helen machte einen weiteren Versuch. „Inseltower, hier ist India Golf Neun Neun, erbitte Kursanweisung zum Anflugpunkt, over!“ Immer noch keine Antwort.
Helen kam das langsam verdächtig vor. „Ganz ruhig, Helen, bleib schön ruhig“, sagte sie zu sich. „Es ist alles okay, du bist zu nervös.“
Fünf Sekunden später schaltete sie das Flugzeug auf Autopilot und schnappte sich ihren Superanzug.

Während Helen sich der Insel Nomanisan näherte, wachte Mister Incredible auf und stellte fest, dass er sich in Syndroms Gefängniszelle befand. Seine Arme und Beine steckten in Metallfesseln, und sein ganzer Körper war in einem Immobi-Strahl gefangen, der ihn unbeweglich in der Luft festhielt. Syndrom baute sich triumphierend vor seinem gefangenen Helden auf.

„Du bist wahrhaftig der unglaubliche Mister Incredible", jubelte Syndrom. „Kein Wunder, dass ich dich so vergöttert habe. Ich wusste ja, dass du clever bist. Aber dann versteckst du dich hinter dem Skelett eines anderen Superhelden und trickst damit die Sonde aus! Oh Mann! Mir stehen noch immer die Haare zu Berge!" Doch plötzlich verfinsterte sich seine Miene. „Und dann musstest du unbedingt der große Spielverderber sein!" Er schüttelte den Kopf. „Ich meine, Mister Incredible ruft um Hilfe? *‚Hilfe, Hilfe!'* Weichei, Weichei, Weichei! Wer ist deine Kontaktperson?"
„Kontaktperson? Ich weiß nicht, wovon du redest", sagte Mister Incredible.
Syndrom nickte mit dem Kopf, und sogleich fuhr ein Stromstoß durch Mister Incredibles Brust. Der Held zuckte vor Schmerz zusammen.
„Ich spreche von gestern Nacht, dreiundzwanzig Uhr sieben, als du hier herumgeschnüffelt hast. Du trägst einen Peilsender bei dir", sagte Syndrom

ungeduldig und versetzte Mister Incredible einen weiteren Stromstoß.

„Ich weiß nichts von einem Peilsender“, brachte Mister Incredible schmerzerfüllt hervor.

„Und nun bittet ein Flugzeug der Regierung bei uns um Landeerlaubnis, ist das ein Zufall? *Wer ist deine Kontaktperson?*“, brüllte Syndrom wütend.

„Ich hab nicht ... um Hilfe gerufen“, sagte Mister Incredible unter größter Anstrengung.

„Aufnahme abspielen!“, befahl Syndrom Mirage.

„Insel-Anflugkontrolle, India Golf Neun Neun, guten Tag, VFR oberhalb Wolkendecke, over!“

Mister Incredible schreckte auf. „Helen!“

„Das sind also doch Freunde von dir?“, sagte Syndrom und setzte ein grausames Lächeln auf.

„Na dann ... schicken wir ihnen eine kleine Begrüßung.“ Auf seinem Kontrollpanel drückte er einen Knopf mit der Aufschrift ‚START‘ und begann höhnisch zu lachen.

„Nein!“, schrie Mister Incredible, doch er war völlig wehrlos.

19

Helen schlüpfte in ihren Superanzug und warf die Reisetasche auf einen Passagiersitz.
„*Au*!“, vernahm sie eine Stimme.
„Violetta!“, ärgerte sich Helen, als ihre Tochter auf dem Sitz sichtbar wurde.
„Ich kann nichts dafür“, versuchte Violetta eilig zu erklären. „Flash ist weggelaufen und ich wusste, dass man mir die Schuld dafür in die Schuhe schieben würde, also …“
„Du lügst!“, unterbrach sie Flash lautstark und tauchte hinter einem Sitz auf. Helen konnte es nicht fassen. Ihre beiden Kinder waren mit ihr ins Flugzeug gestiegen. „Du hast gesagt, etwas stimmt nicht mit Mom“, schimpfte Flash, „und wir

müssen herausfinden, was. Es war *deine* Idee, ganz allein *deine blöde Idee*!“

„Ich dachte, er wolle sich ins Flugzeug schleichen, also bin ich hinterher, aber du hast die Türen zugemacht, bevor ich ihn erwischt hab. Und dann bist du schon gestartet“, verteidigte sich Vi. „Es ist nicht meine Schuld!“

Plötzlich veränderte sich Helens Gesichtsausdruck: „Moment mal, heißt das, ihr habt Jack-Jack allein gelassen?“, fragte sie.

„Aber, Mom. Ich bin ja nicht völlig blöd!“, protestierte Vi. „Natürlich hat er einen Babysitter. Glaubst du echt, ich bin *so* unverantwortlich? Herzlichen Dank auch!“

„Na gut“, meinte Helen besorgt und wählte die Telefonnummer von zu Hause, „wen habt ihr bekommen?“

„Sie müssen sich überhaupt keine Sorgen machen, Ms. Parr, ich bin der geborene Babysitter“, sagte Jack-Jacks dreizehnjährige Babysitterin.

„Kari?“, fragte Helen unsicher nach.

„Ich spiele ihm auch Mozart vor, wenn er schläft, denn Sie wissen ja, führende Experten behaupten, dass Mozart Babys klüger macht“, plapperte Kari weiter.
„Kari …“, versuchte Helen sie zu unterbrechen.
„… und das Coole daran ist, dass die Babys nicht mal zuhören müssen, weil sie ja schlafen!“, sprach Kari immer noch.
Helen bekam Panik. „Kari, mir ist wirklich nicht so wohl bei der Sache. Ich bezahl dich für deinen Aufwand, aber ich ruf lieber den Kinderdienst an.“
„Ach, das brauchen Sie nicht, Ms. Parr. Ist kein Problem, ich werde mit Jack-Jack doch spielend fertig. Nicht wahr, du süßes Bengelchen? Spielend machen wir das!“, säuselte Kari.
Aus dem Cockpit ertönte ein Warnsignal. Helen schreckte auf und rannte nach vorne. Auf dem blauen Himmel konnte sie den weißen Kondensstreifen einer Rakete erkennen, die direkt auf sie zugeflogen kam. Helen setzte schnell das Headset

auf, während das Geschoss immer näher herankam.

„India Golf Neun Neun setzt Blindsendung auf Notfrequenz!", brüllte Helen in ihr Headset. „Angriff auf der Stelle abbrechen!"

Flash und Vi sahen sich verzweifelt an. Über ihren Köpfen blinkte das Anschnallzeichen rot auf. Hektisch versuchten sie, die Gurte einzustecken, aber es war zu spät. Das Flugzeug tauchte so plötzlich ab, dass sie an die Decke geschleudert wurden. Das Geschoss sauste an ihnen vorbei, und Helen versuchte, Hilfe anzufordern.

Immer noch tauchte das Flugzeug senkrecht nach unten, das Meer kam immer näher. Helen riss den Steuerhebel zurück und konnte die Nase des Flugzeugs gerade noch rechtzeitig anheben, sodass das Flugzeug die Wasseroberfläche nur leicht streifte und dann wieder nach oben zog. Helen sah zwei weitere Raketen auf ihrem Schirm auftauchen. Sie wirbelte herum zu Violetta.

„Violetta!“, schrie sie, „du musst das Flugzeug mit einem Kraftfeld schützen!“
„Aber du hast gesagt, wir sollen unsere Superkräfte nicht benutzen, Mom“, protestierte Vi.
„Ich weiß, was ich gesagt hab“, erwiderte Helen, „aber hör auf das, was ich dir *jetzt* sage!“

In seiner Gefängniszelle konnte Mister Incredible über Funk alles mit anhören.
„So ein großes Kraftfeld habe ich noch nie gemacht!“, hörte er Violetta rufen. Und dann, wie Helen schrie: „Violetta! Tu es, jetzt!“
„Ruf deine Raketen zurück, ich mach alles, was du willst!“, flehte Mister Incredible.
„Zu spät“, ließ Syndrom ihn eiskalt wissen. „Fünfzehn Jahre zu spät!“

Im Cockpit des Flugzeugs sah Helen erneut auf den Radarschirm. Die Geschosse kamen rasend schnell näher. Sie durften keine Zeit mehr verlieren. Helen warf das Headset beiseite und sprang aus dem Pilotensessel. So schnell sie konnte, schlang sie sich schützend um ihre beiden Kinder. Mister Incredible sah auf dem Radarschirm, dass das Flugzeug getroffen worden war, und schloss verzweifelt die Augen.

20

„Ach, du kommst schon drüber weg“, meinte Syndrom. „Wie ich mich entsinne, bevorzugst du es ohnehin, *allein* zu arbeiten …“

Da überkam Mister Incredible eine unbändige Wut und er stürzte sich auf Syndrom. Mirage konnte Syndrom gerade noch außer Reichweite stoßen, doch stattdessen wurde sie von Mister Incredible erwischt.

„Lass mich frei! Sofort!“, drohte dieser.

„Sonst *was*?“, fragte Syndrom.

„Zerreiß ich sie in Stücke!“, knirschte Mister Incredible.

„Das klingt aber sehr finster von dir“, sagte Syndrom. „Na ja, bitte sehr!“

„Nein!“, kreischte Mirage.
„Du glaubst mir nicht? Ich kann sie wie einen Zahnstocher zerbrechen!“, drohte Mister Incredible wütend.
„Zeig’s mir!“, forderte Syndrom ihn arrogant heraus.
Mister Incredible zögerte, dann knirschte er mit den Zähnen und ließ Mirage los. Syndrom lachte laut auf, als Mirage zu Boden fiel.
„Ich wusste, dass du es nicht kannst. Auch dann nicht, wenn du nichts mehr zu verlieren hast. Du bist schwach. Von dir kann ich nichts mehr lernen“, sagte er angeekelt und verließ den Raum.

Währenddessen lichtete sich weit draußen über dem Ozean langsam der Rauch, den die Raketenexplosion verursacht hatte. Und auf einmal fiel aus der Wolke ein orange-roter Ball, der sich zu entrollen begann. Es war Helen, die in ihrer alten Rolle als Elastigirl wieder in Aktion getreten war. Flash und Vi stürzten etwas darunter rasend schnell vom Himmel. Da dehnte sich Elastigirl zu einem Fallschirm, griff sich beide Kinder aus der Luft und bremste ihren Fall, sodass sie, endlich unten angekommen, gemeinsam ins Wasser eintauchten.

Flash und Vi tauchten prustend und strampelnd wieder auf.

„Mom!“, schrien sie.

„Beruhigt euch“, bat Helen, während sie alle Mühe hatten, sich über Wasser zu halten. „Wir werden jetzt nicht in Panik geraten!“

Doch da draußen, mitten auf dem Ozean, konnten Flash und Vi sich nicht beherrschen. Sie gerieten in Panik.

„Wir werden sterben! Wir werden sterben!“, schrie Flash und strampelte im Wasser. „Wir haben überlebt, aber wir sterben trotzdem!“

„Hört auf!“, kommandierte Helen. „Niemand wird hier sterben! Jetzt reißt euch endlich zusammen, sonst kriegt ihr beide von mir einen Monat Hausarrest! Habt ihr verstanden?“

Flash und Vi starrten ihre Mutter verdutzt an, dann nickten beide nur.
„Also, das waren Kurzstreckenraketen", erklärte Helen, während sie so auf dem Wasser schaukelten. „Von der Insel. Am besten nehmen wir diese Richtung", sagte sie und zeigte auf die Kondensstreifen. „Das ist unsere beste Chance."
„Du willst den Leuten, die uns umbringen wollten, entgegenschwimmen?", fragte Flash.
„Wenn das Land bedeutet, ja", antwortete Helen.
„Erwartest du von uns, dass wir so weit schwimmen?", wunderte sich Vi.
„Ich erwarte von euch, dass ihr mir vertraut", erwiderte Helen.
Erstaunt sahen Flash und Vi zu, wie ihre Mutter ihren Körper zu einem Boot formte. Die Kinder kletterten an Bord. Flash musste die Füße ins Wasser strecken und in Supergeschwindigkeit strampeln. Auf diese Weise fuhr das Schnellboot der Familie Parr in Richtung Nomanisan.

Die Sonne ging schon unter, als sie am Strand eintrafen.

„Wie ein Weltmeister", lobte Helen ihren Sohn und umarmte ihn. Flash war völlig fertig. „Ich bin so stolz auf dich", sagte Helen.

„Danke, Mom!", sagte Flash und lächelte erschöpft.

Nass und unterkühlt fanden Helen und die Kinder Unterschlupf in einer Höhle, die sich im Vulkangestein gebildet hatte. Als die Sonne untergegangen war, entfachten sie ein Feuer, um sich daran zu wärmen.

„Ich glaube, euer Vater steckt in Schwierigkeiten", erklärte Helen ihren Kindern, als sie gemeinsam um das Feuer saßen. „Ich geh ihn jetzt suchen. Und das heißt, dass du jetzt das Sagen hast bis ich wieder zurück bin, Violetta."

„Was?", protestierte Flash.

„Bist du taub?", sagte Vi.

Helen griff in die zerbeulte Reisetasche.

„Setzt die auf", sagte sie und reichte ihnen

schwarze Gesichtsmasken. „Eure Identität ist das Wertvollste, das ihr habt. Beschützt sie. Und wenn irgendetwas passiert, benutzt eure Superkräfte."

„Aber du hast gesagt, wir sollen nie ...", begann Violetta wieder.

Helen seufzte. „Ihr kennt doch diese Bösewichte, die Samstagabend immer in allen Fernsehkrimis auftauchen? Aber *diese* Kerle sind nicht wie die im Fernsehen. Die werden euch töten. Gebt ihnen keine Chance dazu. Violetta, ich zähle auf dich."

Helen wandte sich an Flash. „Sei stark, mein Schatz", sagte sie. „Und wenn irgendetwas schiefgeht, läufst du so schnell du kannst, verstanden?"

„Wirklich, so schnell ich kann?", fragte Flash sicherheitshalber nach.

„Ja, so schnell du kannst", bekräftigte Helen. „Und haltet euch versteckt. Passt gut aufeinander auf. Morgen früh bin ich wieder da."

Helen hielt jeden von ihnen lang im Arm, dann ging sie fort. Doch Vi rannte ihr hinterher.

„Mom? … Was in dem Flugzeug passiert ist … also …“, schluchzte Vi mit Tränen in den Augen. Sie wusste, dass ihr Kraftfeld ihnen hätte helfen können, wenn sie nur genug Selbstvertrauen gehabt hätte. „Ich … ich konnte nicht … Ich hab nicht … Ich … Es tut mir so leid, Mom!“

Helen legte einen Finger auf Violettas Lippen, als Zeichen, dass sie nicht mehr sagen musste. Dann hob sie ihren Kopf an und sagte: „*Shhh* … Es ist nicht deine Schuld. Es war nicht fair von mir, so viel auf einmal von dir zu verlangen. Aber die Dinge haben sich geändert. Jeder Zweifel ist ein Luxus, den wir uns nicht mehr leisten können, mein Liebes.“

Helen lächelte Violetta zu. „Du hast mehr Kraft in dir, als du glaubst. Denk nicht so viel nach. Wenn die Zeit gekommen ist, weißt du, was zu tun ist. Du hast es im Blut.“

Während Flash und Vi ihrer Mutter hinterhersahen, wie sie im finsteren Dschungel verschwand,

unterhielt sich Mirage vor Mister Incredibles Zellentür mit Syndrom.
„Er ist nicht schwach“, sagte Mirage.
„Was?“, fauchte Syndrom zurück.
Mirage rieb sich den Nacken: „Das Leben zu lieben ist keine Schwäche“, meinte sie in ruhigem Ton.
„Hey, wenn du das meinst, was da unten im Sicherheitstrakt gerade passiert ist …“, begann Syndrom und zeigte auf Mister Incredibles Zelle.
Mirage warf den Kopf zurück. „Und das Leben zu verachten, ist keine Stärke“, sagte sie anklagend.
„Ach, der Kerl hat nur so getan, Schätzchen“, sagte Syndrom achselzuckend. „Ich wusste doch, dass er es niemals übers Herz bringt, dich …“
Doch Mirage hatte ihm schon den Rücken zugekehrt. „Wenn du das nächstes Mal spielst“, sagte sie kalt, „spiel mit deinem *eigenen* Leben!“

21

Geschmeidig huschte Elastigirl durch den dichten Urwald, von Zeit zu Zeit schwang sie sich auch auf ihren dehnbaren Armen von einem Baum zum nächsten. Auf einer Lichtung angekommen, entdeckte sie das metallische Glitzern einer Stahlschiene über ihrem Kopf. Gleich darauf hörte sie das typische Surren einer Transportkapsel, die sich ihr näherte.

Genau als die Scheinwerfer der Kapsel über ihren Kopf hinwegsausten, streckte Elastigirl die Arme nach oben. Sie hielt sich an dem Fahrzeug fest und wurde vom Dschungelboden gehoben. Erst baumelte sie an der Unterseite der Kapsel, doch dann gelang es ihr, sich auf die Oberseite zu schwingen.

Die Kapsel raste wie wild zwischen den Bäumen dahin, doch Elastigirl ließ nicht los. Sie musste die Augen im Fahrtwind zusammenkneifen, konnte aber erkennen, dass sie auf einen hoch aufragenden Vulkan zusteuerten. Am Fuß des Berges angekommen, tauchte die Kapsel in einen dunklen Tunnel und kam in einer Halle wieder zum Vorschein, in der eine riesige Abschussrampe aufgebaut war.
„Eine Rakete?“, wunderte sich Elastigirl und sprang von der Kapsel. Sie musste so schnell wie möglich herausfinden, was da los war.
Hinter der Startrampe zweigte ein Korridor ab. Elastigirl streckte den Hals und lugte um die Ecke. Ein Wachmann schob soeben eine Schlüsselkarte durch ein Lesegerät, und mit einem Rauschen schob sich die Tür vor ihm auf. Helen brauchte diese Schlüsselkarte! Damit würde sie Zutritt zu allen möglichen Bereichen des Gebäudes bekommen und konnte nach Bob suchen.
Doch als Elastigirl sich streckte, um dem Wach-

mann die Karte abzunehmen, rauschte mit einem Ruck die Tür hinter ihr zu und klemmte ihr Bein ein. Immer mehr Wachleute erschienen, Türen schoben sich auf und zu, und Elastigirl war am Ende sogar zwischen zwei Türen gefangen – der Oberkörper in einer, das Bein in einer anderen. Doch weil sie so super-elastisch war, konnte sie alle Wächter, die sich ihr näherten, mit Tritten und Faustschlägen unschädlich machen.
Sie schnappte sich die Schlüsselkarte, befreite sich aus den Türen und folgte weiter dem Korridor. Es war höchste Zeit, dass sie Bob fand.

22

Drinnen in der Höhle waren Flash und Vi ganz nahe an die Feuerstelle herangerückt. Flash starrte ins Leere und Vi übte in der Zwischenzeit das Erzeugen von Kraftfeldern über dem Feuer.
Jedes Mal gelang ihr eine kleine, durchsichtige Blase.
„Also, das ist mir zu langweilig", meinte Flash irgendwann, „ich glaub, ich schau mich ein bisschen um."
Vi erhob sich. „Sag mal, was meinst du eigentlich, was hier los ist? Glaubst du vielleicht, wir sind im Urlaub oder so was? Moms und Dads Leben sind vielleicht in Gefahr, und Mom hat gesagt, wir sollen uns verstecken."

Flash verdrehte die Augen. „Ich werde die Höhle schon nicht verlassen“, sagte er verärgert.
Er motzte immer noch, während er sich ein glühendes Stück Holz aus dem Feuer nahm und damit in der Dunkelheit verschwand. Vi sah zu, wie die Flamme immer kleiner wurde und Flash sich weiter und weiter entfernte. „Cool!“, hörte sie ihn einmal aus der Ferne ausrufen. Doch dann plötzlich, schrie er wie am Spieß.
„Violetta! Violetta!“, brüllte Flash und kam so schnell er konnte wieder zu ihr zurückgelaufen.
„Was ist?“, fragte Vi, aber Flash deutete nur auf einen orangen Schein am anderen Ende der Höhle. Er wurde schnell heller und bewegte sich immer näher an sie heran. Vi spürte eine seltsame Hitze im Gesicht. „Was hast du angestellt?“, schrie sie, während beide schon aus der Höhle hinausrannten.
Flash und Vi konnten dem Feuerball knapp entkommen. Draußen angekommen sahen sie gerade noch, wie eine Rakete in den Himmel startete. Da

wurde ihnen klar, dass es gar keine Höhle gewesen war, in der sie sich versteckt gehalten hatten, sondern das Abgasrohr einer Raketenstartanlage.
In dieser Nacht blieb ihnen nichts anderes übrig, als mitten im Dschungel auf dem nackten Boden zu schlafen.

Flash wurde von den exotischen Geräuschen des Waldes geweckt. Er streckte seine Beine aus, die von der Anstrengung am Tag zuvor immer noch etwas steif waren. Plötzlich hörte er jemanden sagen: „Identifizieren Sie sich bitte!“ Er rieb sich die Augen und sah auf.
Die Stimme, die da zu ihm gesprochen hatte, gehörte einem herrlich bunten Robotervogel, der in der Nähe auf einem Baum hockte. Flash sah ihn sich begeistert an.
„Hey, Violetta!“, rief er lachend und stupste seine Schwester an. „Sieh mal, der Vogel redet!“
„Äh? Was?“, antwortete Vi, die noch ganz verschlafen war.

Vi hob den Kopf und lächelte. Die zwei Kinder sahen den Vogel fasziniert an und warteten drauf, dass er wieder etwas sagen würde.
„Stimmcode ungültig“, sagte der Vogel.
„Stimmcode?“, wiederholte Vi und runzelte die Stirn.
Der Vogelkopf drehte sich nun mechanisch zu ihnen um, seine Augen leuchteten rot auf und aus seinem offenen Schnabel ertönte plötzlich ein ohrenbetäubender Alarm.
„Was sollen wir jetzt tun?“, fragte Flash seine Schwester, die vorsichtig begann, sich zurückzuziehen.
„Abhauen!“, kreischte Violetta.
„Aber wohin?“, fragte Flash, noch zögerlich.
„Egal, weg von hier!“, schrie Vi.

23

Die Umrisse einer schlanken Frau tauchten in der Zelle von Mister Incredible auf. Sie begab sich zum Schaltpult und stellte den Immobi-Strahl ab. „Wir haben nicht viel Zeit“, flüsterte sie Mister Incredible zu, der kraftlos vor ihr auf die Knie sank. Die Frau war Mirage.

„Stimmt, haben wir nicht“, sagte Mister Incredible und packte Mirage auf einmal am Hals. „Eigentlich haben wir überhaupt keine Zeit.“

„Bitte …“, flehte Mirage und rang nach Luft. Doch Mister Incredible wurde immer wütender. „Was wollen Sie von mir? Wie tief soll ich eigentlich noch sinken? Was könnten Sie mir jetzt noch antun?“

„I… I… Ihre … Familie … sie hat den Absturz … überlebt“, brachte Mirage hervor. „Sie sind hier … auf der Insel.“
„Sie leben?“, rief Mister Incredible überrascht aus. Vor lauter Freude sprang er auf und fiel Mirage um den Hals.
Als Mister Incredible die Augen wieder aufmachte, sah er eine andere Frau in der Tür stehen.
„Helen!“, rief er.
Mirage trat einen Schritt zurück. Sie wollte eben Hallo sagen, als Elastigirls Faust quer durch den Raum geschossen kam. Mirage bekam einen deftigen Schlag ab.
„Sie hat mir geholfen zu entkommen“, versuchte Bob alles zu erklären.
„Das hatte ich gerade vor!“, erwiderte Helen.
Bob nahm Helen in die Arme.
„Lass mich los! Geh weg, du mieser, verlogener Mistkerl!“, protestierte sie.
„Warum sollte ich die perfekte Frau betrügen?“, fragte Bob. „Wo … wo sind die Kinder?“

Mirage stand auf und rieb sich die Kinnlade. „Sie haben den Alarm ausgelöst“, erklärte sie. „Die Wachen durchsuchen den Dschungel. Gehen Sie jetzt besser.“

Bob und Helen liefen zur Tür. „Was? Jetzt sind auch noch unsere Kinder in Gefahr?“, sagte Helen, die die ganze Sache schrecklich aufregte.

„Damit hättest du rechnen sollen. Warum hast du sie mitgebracht?“, sagte Bob im Laufen.

„Hab ich nicht, sie waren blinde Passagiere. Und ich glaube, du solltest einen anderen Ton anschlagen, Freundchen!“, riet Helen ihrem Mann.

24

Zur selben Zeit rannten Flash und Vi ziellos durch den Dschungel. Als sie schon beinahe nicht mehr konnten, versperrten ihnen drei Fluggleiter den Weg. Vi sah den Wachen, die aus den Gleitern gestiegen waren, fest in die Augen und flüsterte ihrem Bruder zu: „Flash, vergiss nicht, was Mom gesagt hat."

„Was?", fragte Flash versteinert vor Angst. Er konnte sich nur an den Teil mit den bösen Typen im Fernsehen erinnern, die nicht so böse wären wie diese hier. Dann machte sich Vi unsichtbar.

„Flash! *Lauf!*", schrie sie.

Stimmt, das war's!, dachte Flash und düste davon ins Dickicht des Dschungels.

„Die haben Superkräfte!“, brüllte einer der Wachmänner. „Schnappt euch den Jungen!“
Flash rannte schnell wie der Blitz, doch die Fluggleiter waren ihm dicht auf den Fersen. Ranken und Gestrüpp waren so dicht, dass Flash gezwungen war, einem schmalen Fußpfad zu folgen. Plötzlich stob er durch eine dichte, dunkle Wolke. Es war ein Schwarm schwarzer Dschungelfliegen.
„*Äägkkkhh!*“, hustete Flash, als die Fliegen auf sein Gesicht klatschten wie Käfer auf die Windschutzscheibe eines Autos. Er schüttelte sie ab und taumelte ins Gebüsch. Im Sitzen rieb er sich mit einem Ärmel den Mund und die Zähne sauber.
„*Achppt! Ptä! Ptä!*“, spuckte Flash, dem immer noch Flügelreste und Insektenbeine zwischen den Zähnen steckten.
Doch plötzlich brachen die Fluggleiter wieder durch das Geäst und Flash setzte seinen Sprint durch den Dschungel fort. Einmal entdeckte er eine Liane und griff im Vorbeilaufen danach. Er schwang sich daran in weitem Bogen weiter. Einer

der beiden Piloten war davon so überrascht, dass er sein Fluggerät im Dickicht versenkte.
Doch sofort nahm ein weiterer Pilot die Verfolgung auf. Flash griff sich wieder eine Liane und katapultierte sich damit nach vorne. Doch die Ranke riss ab und schleuderte Flash hoch in die Luft. Plötzlich erkannte er, dass unter ihm kein Land mehr war. Er fiel kerzengerade einen Felsabhang hinunter! Flash kreischte.
Doch mit einem Knall landete er auf einem Fluggleiter. So viel Glück musste man haben! Und er hatte sich nicht einmal wehgetan. Der Pilot drehte sich zu ihm um und wollte ihm einen Faustschlag versetzen, doch mit seiner Superkraft gelang es Flash, jedem der Boxschläge auszuweichen. Flash fühlte sich mit seinen Superkräften immer wohler. Es gelang ihm sogar, dem Wachmann ein paar superschnelle Haken zu verpassen.
Flash strotzte vor Selbstvertrauen – bis er merkte, dass der Fluggleiter geradewegs auf eine Felswand zuraste und er für den Bruchteil einer Sekunde

zögerte. Da erwischte der Pilot ihn mit voller Wucht am Kinn, sodass der Junge vom Gleiter fiel. Danach konnte Flash nur noch zusehen, wie der Gleiter an dem Felsen zerschellte und als riesiger Feuerball in Flammen aufging.

Flash fiel durch das Blätterdach am Fuß des Felsens. In einem riesengroßen Baum prallte er von einem Ast zum nächsten. Er versuchte sich festzuhalten, um nicht noch weiter zu fallen, und schließlich gelang es ihm, sich an einer Liane anzuklammern. Daran baumelnd sah er hinunter. Seine Füße waren nur noch einen Meter über dem Boden! Flash konnte nicht glauben, dass er diesen Sturz überlebt hatte. Er sprang zu Boden und stieß einen Freudenschrei aus.
Zwei Wachmänner, die ganz in der Nähe warteten, hörten ihn. Sofort nahmen sie die Verfolgung wieder auf, während Flash auf einem Pfad in Richtung Lagune flitzte. Flash stob geradeaus weiter und holte tief Luft. Er hatte sich darauf

eingestellt, nass zu werden, doch als er hinuntersah, konnte er es kaum glauben. Seine Beine waren so schnell, dass er auf der Wasseroberfläche laufen konnte.

Flash schoss über die Lagune hinweg und raste wie ein superschnelles Motorboot zwischen den Vulkanfelsen hindurch. Als er in eine Höhle raste, folgte ihm ein Fluggleiter nach. Flash bemerkte erst, dass er sich in einem Tunnel mit zwei Ausgängen befand, als der zweite Gleiter von der anderen Seite auf ihn zugeflogen kam. Eilig suchte er nach einem Ausweg, doch er saß in der Falle. Da blieb Flash stehen und tauchte im Wasser unter. Erleichtert hörte er, wie es über seinem Kopf einen ohrenbetäubenden Knall gab. Die beiden Fluggleiter waren zusammengestoßen!

Ein Wachmann durchkämmte mit seinem Maschinengewehr die Gegend, um Violetta aufzuspüren. Immer noch unsichtbar schlug sie dem Mann mit einem Stock die Waffe aus der Hand. So gewann sie etwas Zeit, um im Dschungel untertauchen zu können.

„Zeig dich gefälligst!“, befahl der Mann.

Er hob seine Waffe auf und feuerte eine lange Salve von Schüssen auf die Fußabdrücke, die sich in Richtung Fluss bewegten. Der Wachmann hörte ein Platschen und feuerte auf die kleinen Wellen, die sich im Wasser bildeten.

Er holte sich eine Handvoll Sand und warf ihn ins Wasser. Dadurch wurden die Umrisse von Violettas Körper im trüben Wasser sichtbar. Der Wachmann lächelte, hob sein Gewehr und zielte.

Doch Vi hielt nicht still – sie sprang aus dem Wasser und rannte so schnell sie konnte auf das Dickicht des Dschungels zu. Der Gewehrlauf des Wachmanns folgte ihr. In diesem Moment brach Flash aus dem Gestrüpp und warf sich mit voller Wucht gegen die Beine des Wachmanns.

„Lass meine Schwester in Ruhe!“, schrie er und rammte den Mann um.

Dieser konnte Flash noch im Fallen einen Schlag

versetzen. Flash, der einen Augenblick stutzte, sah auf und bemerkte den Gewehrlauf an seiner Brust. Der Wachmann grinste und zog ab.
Aber Violetta warf sich dazwischen und beschützte Flash und sich mit einem Kraftfeld. Flash war beeindruckt. Violetta schwebte, angehoben von ihrem eigenen Kraftfeld, in der Luft.
„Sag, wie machst du das?“, fragte Flash, während von außen die Kugeln des Wachmanns an dem Kraftfeld abprallten.
„Ich weiß es nicht!“, rief Violetta.
„Ist ja auch egal, mach weiter!“, meinte Flash begeistert.
Dann fing er an, im Inneren des runden Kraftfeldes zu laufen wie ein Hamster im Hamsterrad. So rollten sie an den Wachen vorbei in den Dschungel hinein und einen Hügel hinunter.

25

Seite an Seite rannten Mister Incredible und Elastigirl durch den Dschungel. „Ich weiß, ich hätte dir von der Kündigung erzählen sollen, aber ich wollte nicht, dass du dir Sorgen machst“, sagte Mister Incredible in dem Versuch, sich zu entschuldigen.
„Ich soll mir keine Sorgen machen?“, rief Elastigirl aus. „Und jetzt rennen wir in so einem gottverlassenen Dschungel um unser Leben!“
Aber Mister Incredible lächelte nur. „Streit mit mir, wie viel du willst, aber ich bin einfach nur froh, dass euch nichts passiert ist.“
Da hörten Mister Incredible und Elastigirl das Donnern einer Explosion durch den Urwald hal-

len. Darauf folgte ein Rumpeln, das immer näher zu kommen schien. Plötzlich brach das rollende Kraftfeld, in dem Flash und Violetta nur haarscharf zwei Fluggleitern entkommen waren, direkt vor den beiden Eltern aus dem Dickicht.

„Mom! Dad!", schrien Flash und Vi.

Das Kraftfeld überrollte Mister Incredible und Elastigirl. Durch die Drehbewegung wurden sie außen an die Kugel gepresst wie Kuchenteig auf ein Nudelholz. „Kinder!"

Violetta löste das Kraftfeld auf und alle vier fielen zu Boden, wo sie sich herzlich umarmten.

Doch schon Augenblicke später krachte der nächste Fluggleiter aus dem Wald. Die Incredibles sprangen auf die Beine und stellten sich gemeinsam dem Kampf.

Elastigirl teilte einen Tritt aus und traf einen Wachmann so hart an der Brust, dass er rückwärts aus dem Fluggleiter kippte. Gleichzeitig sorgte Mister Incredible mit einem kräftigen Hieb dafür, dass ein zweiter Fluggleiter, der sich ihnen näherte, außer Kontrolle geriet und sich vornüber in den Urwaldboden bohrte. Elastigirl wickelte den Arm um den Piloten und peitschte ihn gegen seinen Kollegen, sodass beide außer Gefecht gesetzt waren. Mister Incredible hob den abgestürzten Fluggleiter hoch und schleuderte ihn gegen einen dritten, der eben aus dem Dickicht der Bäume angeflogen kam. Mister Incredible und Elastigirl sahen sich um: Der Waldboden war übersät mit geschrotteten Fluggleitern.

„Ich liebe dich!", sagten sie einander voll echter Bewunderung.

Doch auf einmal füllte sich der ganze Wald mit Wachleuten. Mit vereinten Superkräften gingen die Incredibles gegen sie vor. Ein paar Wachen waren für sie doch kein Problem!

„Halt!", ertönte die Stimme von Syndrom, der jetzt aus dem Urwald trat. „Auszeit!", rief er und beschoss die Incredibles mit seinem Immobi-Strahl, sodass alle vier bewegungslos darin gefangen waren.

Syndrom verschränkte die Arme und sah sich das Ganze mit Genugtuung an. „Also, was haben wir denn *hier*?", fragte er amüsiert. „Die gleichen Outfits?"

Er kniff die Augen zusammen und blickte auf Elastigirl.

„Oh, nein!", rief er und lachte laut heraus. „Elastigirl? Du hast Elastigirl geheiratet? Und warst fleißig!", sagte er zu Mister Incredible. „Du hast eine ganze Familie von Superhelden! Das ist ja wie ein Sechser im Lotto! Heut ist echt mein Glückstag!", rief er aus und suhlte sich in seinem Triumph.

26

In Syndroms Gefängniszelle wurden Mister Incredible, Elastigirl, Flash und Vi einer neben dem anderen von Immobi-Strahlen gefangen gehalten. Auf einer Videowand, die vor ihnen angebracht war, mussten sie eine Nachrichtensendung mit ansehen. Darin wurde gezeigt, wie sich eine große Menschenmenge um ein gigantisches, glühendes Flugobjekt scharte, das vor einem Gebäude stand. Der Omnidroid war in der Stadt gelandet. Die Incredibles hatten keine andere Wahl, als sich alles tatenlos anzusehen.

„Na?“, fragte Syndrom, als er ihre Reaktion auf die Zerstörung von Metroville sah. „Ach kommt schon, gebt doch zu, es ist cool! Es ist genau wie im Kino! Der Roboter steigt aus der Rakete und greift die Stadt an. Tausende werden in Panik versetzt, und dann, wenn alle Hoffnung verloren scheint, wird Syndrom die Welt retten!! Ich werde ein viel größerer Held sein als du!“

„Du hast die echten Helden umgebracht, damit du so tun kannst, als wärst du auch einer?“, fragte Mister Incredible.

„Aber ich *bin* schon ein Held. Held genug, um dich zu besiegen!“, meinte Syndrom zynisch. „Und ich habe es ohne deine tolle Begabung geschafft, ohne deine sogenannten Superkräfte!“ Syndrom sprach sich immer weiter in Rage: „Die kriegen schon ihren Helden. Die kriegen den spektakulärsten Helden, den sie je gesehen haben!“, sprudelte Syndrom bösartig hervor. „Und wenn ich alt bin, verkaufe ich meine Erfindungen, damit alle Superhelden werden können. Und wenn alle super sind, dann wird es niemand mehr sein!“ Triumphierend schritt er aus dem Raum.

Mister Incredible ließ verzweifelt den Kopf hängen. „Es tut mir so leid“, sagte er. Helen und die Kinder sahen auf. „Das ist alles meine Schuld. Ich war ein schlechter Vater. Ich war vollkommen blind.“

Während Bob sprach, bemerkte er nicht, dass Vi sich bewegte. Sie befand sich mittlerweile in ihrem eigenen Kraftfeld und nicht mehr im Bann des Immobi-Strahls. Sie rollte langsam auf das Schaltpult zu. „Ich hatte solche Angst, vergessen zu werden, dass ich euch alle vergessen habe“, sagte Bob und verlor sich vollends in seinem Geständnis.

„Dad“, sagte Flash.

„*Pschsch*! Unterbrich ihn nicht!“, sagte Helen.

„Ich war so besessen von der Vergangenheit, dass ich … ich … *ihr* seid mein größtes Abenteuer. Und fast hätte ich es verpasst!“, sagte Bob, während Vi das Kraftfeld um sich herum auflöste. „Und ich schwöre euch, ich werde euch hier heil rausbringen …“

Vi, die schon ihre Hand auf das Schaltpult gelegt

hatte, erhob plötzlich die Stimme. „Ja ja, ich finde, Dad hat heute große Fortschritte gemacht, aber ich glaube, wir sollten jetzt alle mal wieder runterkommen.“ Bob sah zu seiner Tochter hinüber. Er war baff.

Vi legte einen Schalter um und der Laserstrahl verschwand, sodass Bob, Helen und Flash zu Boden plumpsten. Vi hatte die ganze Familie gerettet!

Die Incredibles rannten durch einen leeren Flur.

„Wir müssen irgendwie zum Festland zurück!“, sagte Bob.

„Auf meinem Weg hierher habe ich einen Flugzeughangar gesehen“, meinte Helen. „Ich glaub, wir müssen geradeaus!“

Sie erreichten die Tür zum Hangar und Bob brach sie kurzerhand auf. Er rechnete damit, drinnen auf Dutzende Wachmänner zu treffen, aber niemand war da.

„Wo sind die Wachen hin?“, wunderte er sich.

Doch dann hörten sie Jubelrufe aus einem Übertragungswagen, der im Hangar geparkt war. Drinnen sahen sich die Wachen im Fernsehen an, wie der Omnidroid die Stadt attackierte. Sie feierten.

Bob betrat allein den Wagen und schloss die Tür hinter sich. Als er wieder herauskam, waren alle Wachen ausgeschaltet. Er pfiff seine Familie herbei, die sich in der Zwischenzeit hinter dem Wagen versteckt gehalten hatte.

„Es ist die richtige Halle“, meinte Helen zweifelnd, „aber ich sehe hier kein Flugzeug.“

„Ein Flugzeug ist nicht schnell genug“, sagte Bob, denn Syndrom hatte bereits einen beträchtlichen Vorsprung.

„Hey, wie wär’s mit einer Rakete?“, schlug Flash vor und zeigte auf das Geschoss an der Abschussrampe.

„Toll, und wie fliegt man so was?“, wandte Helen ein.

„Das ist doch kein Problem“, überlegte Vi,

„nimm doch einfach die Koordinaten des letzten Abschusses."

Bob und Helen sahen einander an und strahlten stolz, weil sie eine so schlaue Tochter hatten.

Doch plötzlich fiel Bob etwas ein: „Moment, Syndrom hat bestimmt schon das Passwort geändert. Wie soll ich jetzt in den Computer reinkommen?"

Über den Lautsprecher ertönte eine weibliche Stimme: „Sag ‚bitte'!" Die Incredibles sahen hoch. Oben im Überwachungsraum stand Mirage und lächelte ihnen zu.

27

In Metroville machte sich Lucius für eine Abendessenseinladung schick. Eben trug er sein Rasierwasser auf, als er hintereinander einige Explosionen vernahm.
Plötzlich sah er, wie ein gigantischer, sechsbeiniger Omnidroid draußen vor seinem Fenster vorbeistampfte. Schnell öffnete er eine Schublade und kramte nach etwas.
„Honey?“, rief er seine Frau, die im Nebenraum war.
„Was?“, antwortete Honey.
„Wo ist mein Superanzug?“, sagte er leicht nervös.
„Ich hab ihn weggeräumt!“, rief sie Lucius zu.
„Wohin?“, fragte er, während er sich weiter durch

die Schubladen wühlte und die Gestalt des Omnidroiden in seinem Fenster immer größer wurde.
„Wieso musst du das unbedingt wissen?“, rief Lucius Frau nun genervt.
„Die Stadt ist in Gefahr!“, brüllte Lucius.
„Mein Abendessen ist auch in Gefahr!“, entgegnete Honey gnadenlos.
„Sag mir jetzt sofort, wo mein Anzug ist! Es geht um höhere Gewalt!“, brüllte Lucius nochmals.
„Höhere Gewalt?“, schrie Honey zurück. „Ich bin deine Frau, ich bin die höchste Gewalt, die du je zu spüren bekommst!“

Draußen auf den Straßen von Metroville hatte der neue Held der Stadt, Syndrom, die Situation völlig im Griff.
„Treten Sie zurück!“, wies Syndrom die Menschenmenge großspurig an. „Diesem Schrotthaufen muss ich wohl erst ein paar Manieren beibringen!“
Syndrom täuschte einen Faustschlag vor, doch in

Wirklichkeit drückte er verstohlen auf die Fernbedienung auf seinem Armband. Ein kurzer Befehl sorgte dafür, dass die Hand des Roboters sich sogleich aus ihrer Verankerung löste und auf die Straße hinunterfiel. Die Menge war begeistert. Syndrom sonnte sich in der Anerkennung der Menschen.

Doch der Omnidroid war immer noch ein Lernroboter.

KONTROLLE VON EXTERNEM SIGNAL ÜBERNOMMEN, lernte der Computer. Als er die Eingabe verarbeitet hatte, wandte er sich sofort Syndrom zu.

SIGNALQUELLE: FERNBEDIENUNG, kombinierte der Roboter und schoss einen Laserstrahl gegen Syndroms Handgelenk, sodass die Fernbedienung sich löste. Syndrom erschrak. Doch der Roboter ließ nicht locker, sondern schoss als Nächstes auf Syndroms Raketenstiefel. Durch die Hitze gingen die Stiefel in Flammen auf und Syndrom verlor die Kontrolle. Er schlingerte wie wild durch die Luft, bis er schließlich gegen eine Hausfassade flog und bewusstlos abstürzte. Der Omnidroid konnte nun ungestört fortfahren, die Stadt zu zerstören.

28

Hoch über Metroville jagte eine zweite Rakete über den Himmel. Ein Flugzeug löste sich von der Rakete, doch diesmal enthielt es keinen Omnidroiden, sondern trug den Übertragungswagen aus dem Hangar der Insel. Er sah ein wenig aus wie ein Wohnmobil, aber von Urlaub konnte hier beim besten Willen nicht die Rede sein! Bob saß am Steuer.

„Wann sind wir endlich da?“, fragte Flash von der Rückbank nach vorne.

„Wir sind da, wenn wir da sind!“, erwiderte Bob ungeduldig.

Bob kurbelte das Fenster hinunter und streckte den Kopf hinaus. Helen spannte sich mit ihrem elastischen Körper über den ganzen Wagen, um ihn mit dem Flugzeug zusammenzuhalten, und war bis zum Anschlag gedehnt.

„Geht es dir gut, Liebling?“, fragte Bob seine Frau.

„Muss ich darauf antworten?“, gab Helen zurück, die buchstäblich unter großer Anspannung stand.

„Kinder!“, rief Bob. „Ich habe euch gesagt, ihr sollt euch anschnallen! Das wird jetzt gleich etwas holprig.“

Er steckte noch einmal dem Kopf zum Fenster raus und sagte: „Es geht los, Liebling!“

Helen ließ das Landeflugzeug los und der Wagen stürzte in die Tiefe, direkt auf die Autobahn zu. Als der Wagen mit über 300 Sachen auf der Fahrbahn aufsetzte, stoben die Funken in alle Richtungen. Bob hatte alle Hände voll zu tun, das Fahrzeug unter Kontrolle zu halten, während er in die Bremspedale trat. Mit rauchenden Reifen lenkte er den Wagen in den Straßenverkehr.

„Der Roboter ist im Regierungsviertel“, sagte er. Das Herz klopfte ihm bis zum Hals. „Welche Ausfahrt muss ich nehmen?“

„Die Hauptstraße“, sagte Helen, die jetzt auf dem Beifahrersitz Platz genommen hatte.

Urplötzlich schwenkte Bob quer über drei Fahrspuren und hielt auf die Ausfahrt zu. „Aber die Hauptstraße führt doch ins Stadtzentrum. Ich nehme besser die hier, oder?“

„Nein, nicht die!“, schrie Helen.

„O Mann!“, rief Bob wütend, „jetzt haben wir sie verpasst!“

„Du hast mich gefragt, welche wir nehmen sollen und ich habe dir gesagt, die Hauptstraße!“, brüllte Helen.

„Ich will aber nicht ins Stadtzentrum!“, beharrte Bob.

„Jetzt kommt sie gleich, los, rechts rüber. *Jetzt!*“, schrie Helen.

Bob wechselte wieder auf die linke Spur. „Das ist nicht unsere Ausfahrt!“

„Du fährst dran vorbei!“, warnte Helen.
Im allerletzten Moment riss Bob das Lenkrad herum.
„*Aaaarrr!*“, schrie er, als der Wagen die Ausfahrt gerade noch erwischt hatte und zwischen den Leitplanken hin und her schlitterte.

29

Bob hatte Mühe, den Wagen unter Kontrolle zu bekommen. Er trat in die Bremsen, die Reifen platzten und der Wagen überschlug sich. Er schlingerte immer weiter die Straße hinunter, bis er in einer Lücke am Straßenrand, perfekt eingeparkt, zum Stillstand kam.

„Ist alles in Ordnung da hinten?", fragte Bob seine Kinder.

„Super-duper, Dad", antwortete Vi.

„Machen wir's noch mal!", sagte Flash lachend.

Gemeinsam konnten die Incredibles sehen, wie der Omnidroid zwischen den Gebäuden verschwand. „Wartet hier und versteckt euch", befahl Bob. „Ich mach das."

„Wie jetzt?“, fragte Helen und stieg mit ihm aus dem Wagen. „Während ich dir tatenlos zusehen muss? Keine gute Idee.“
„Ich möchte, dass du bei den Kindern bleibst“, sagte er zu Helen.
„Keine Chance!“, beharrte sie. „Du bist mein Mann und ich bleibe bei dir, was auch immer passiert.“
„Ich muss das jetzt alleine machen“, sagte Bob streng.
„Was ist das hier für dich? Ein Spiel?“, wollte Helen wissen. „Damit du wieder Mister Incredible sein kannst?“
„Nein!“, fuhr Bob sie an.
„Was dann??“, fragte Helen. „Was willst du?“
„Ich ... Ich bin nicht stark genug!“, rückte Bob schließlich heraus.
„Nicht stark genug?“, wiederholte Helen. „Und davon wirst du jetzt stärker? Was soll denn das alles? Ist das ein Trainingsausflug?“
„Ich will dich nicht noch mal verlieren!“, schrie

Bob. Doch dann flüsterte er: „Ich kann's nicht … nicht noch mal … Dafür bin sogar ich nicht stark genug."

Helen wusste nicht, was sie darauf sagen sollte. Sie beugte sich zu Bob und gab ihm einen Kuss. „Wenn wir zusammenarbeiten", sagte sie schließlich, „sind wir gemeinsam stark."

„Aber ich weiß nicht, was passieren wird …", widersprach Bob.

„Hey, wir sind Superhelden, was soll schon passieren?", sagte Helen mit einem Lächeln.

Plötzlich sahen sie, dass der Omnidroid sich bedrohlich über Flash und Violetta aufgebaut hatte.

„Vi! Flash! Nein!", schrie Helen.

Doch es war zu spät. Der Roboter warf sich mit seinem ganzen Gewicht von oben auf die Kinder. Helen erstarrte. Doch irgendetwas war da, was den Omnidroiden davon abhielt, die Kinder völlig zu zerquetschen.

Es war ein Kraftfeld! Vi beschützte sich und ihren

Bruder, indem sie ein Kraftfeld um sie beide herum aufbaute.
Der Roboter stemmte sich mit aller Macht dagegen, sodass Vi sich irgendwann an seiner Metallwand den Kopf stieß und das Kraftfeld zerplatzte.
„Violetta!“, schrie Flash.
Da trat Mister Incredible in Aktion. Flink schlüpfte er in den Spalt unter dem Roboter und stemmte ihn hoch.
„Raus! Schnell“, rief er. Er konnte den Omnidroiden nicht mehr als ein winziges Stück anheben.
Flash und Vi rannten zu Elastigirl, die ihnen befahl, sich zu verstecken, während sie loslief, um ihrem Mann zu helfen.
In diesem Moment schnappte sich der Roboter Mister Incredible und schleuderte ihn gegen eine Glasfassade. Der Held stand auf, holte aus und verpasste dem Roboter einen kräftigen Faustschlag.
Plötzlich brach sich die Sonne an einer blau glänzenden Eisfläche.

„Frozone!“, freute sich Mister Incredible, als er seinen alten Freund aus Heldentagen auf dessen selbst gemachter Eisbahn heranschlittern sah. Unterstützung war im Anmarsch!
Mister Incredible widmete sich wieder seinem Gegner und landete einen kräftigen Schlag, doch der Roboter katapultierte ihn nach hinten gegen die Gebäudemauer.
Während Mister Incredible noch die Schmerzen abschüttelte, entdeckte er Syndroms Fernbedienung, die dort auf dem Boden lag. So ein Glück, er konnte es kaum glauben! Mit dem Kontrollarmband konnte man jede Bewegung des Roboters steuern – er müsste nur herausfinden, wie man es bediente. Er schnappte sich das Gerät gerade noch rechtzeitig, bevor der Omnidroid seine Metallkralle um ihn schloss und ihn hoch in die Luft hob.
Mister Incredible drückte einen Knopf auf der Fernbedienung. Sofort fiel der ganze Arm des Roboters zu Boden und ließ Mister Incredible los.

Der Roboter versuchte, sich die Steuerung wiederzuholen, doch da hatte Mister Incredible eine Idee.
„Flash, langer Pass!“, rief er seinem Sohn zu. Flash verstand und sprintete wie der Blitz die Straße hinunter, um die Fernbedienung, die Mister Incredible wie einen Football geworfen hatte, aufzufangen. Und mit seinen superschnellen Kräften gelang es dem Jungen auch im allerletzten Moment, das Armband zu erwischen.
Doch nun war der Omnidroid hinter Flash her. Mithilfe seines Lasers setzte er einen Ring von Autos in Brand, sodass Flash mittendrin in der Falle saß.
„Setz die Kanone außer Gefecht!“, brüllte Mister Incredible Elastigirl zu.
Elastigirl schleuderte einen Kanaldeckel gegen den Roboter und zerstörte so seinen Laserstrahl. Frozone flitzte in der Zwischenzeit zu Flash und rettete ihn aus der Gefahrenzone. Der Omnidroid polterte ihnen nach. Der intelligente Roboter

wusste, dass er seine Fernbedienung zurückholen musste.

Dann schaltete Frozone sich ein: Er schoss mit Flash unter dem Arm auf einer Eisbahn über den Fluss. Der Omnidroid bäumte sich auf und wäre um ein Haar auf ihnen gelandet. Eisbrocken lösten sich vom Körper des Roboters und brachten Flash und Frozone ins Schleudern. Dadurch glitt Flash die Fernbedienung aus der Hand.

Mister Incredible rannte los, um sie sich zu greifen, doch der Roboter schlug mit seiner Metallkralle nach ihm und hielt ihn damit auf der Erde fest.

Plötzlich bewegte sich die Fernbedienung wie von selbst.

„Mom! Ich hab sie!“, rief Vi und schwenkte die Steuerung mit ihrer unsichtbaren Hand. „Ich hab die Fernbedienung!“

„Eine Fernbedienung?“, fragte Frozone verwundert. „Was soll die bedienen? Den Roboter?“

„Er kommt zurück“, schlug Flash Alarm, als der Omnidroid sich wieder auf sie stürzte.

„Es funktioniert nicht!", rief Violetta, während sie verzweifelt auf den Knöpfen der Fernbedienung herumdrückte. Ihre Mutter und Flash halfen ihr, alle möglichen Tastenkombinationen auszuprobieren, damit sie damit den Roboter zerstören konnten.
„Mit dem hier passiert gar nichts", meinte Flash. „Probier mal den daneben! Den roten!"
Der Roboter kam immer näher, aber immerhin hatte die Kralle Mister Incredible jetzt freigelassen. Der Held erkannte, dass der Roboter sich nur selbst zerstören konnte.
Plötzlich loderten am hinteren Ende der Kralle Flammen auf. Da hatte Mister Incredible die zündende Idee. Er kämpfte mit der Kralle, um sie festzuhalten und heftete den Blick auf die Stelle, wo Frozone und seine Familie standen. Der Omnidroid polterte auf sie zu.
Mister Incredible richtete die Kralle auf ihn und schrie seinen Leuten zu: „Alles in Deckung!" Die Kralle zündete, schoss los und bohrte sich mitten

durch den Körper des Roboters. Mit Tausenden von Funken und Explosionen kippte er in den Fluss, während die Helden gemeinsam mit den Bürgern von Metroville dabei zusahen, wie seine Schaltkreise einer nach dem anderen erloschen. Die Menge jubelte. Die Helden waren wieder da!

30

Die Incredibles waren wieder Helden. In einem eleganten Wagen wurden sie von Rick Dicker, dem Zuständigen für das Heldenschutzprogramm der Regierung, nach Hause gefahren.
„Die Bürger dieses Landes sind euch eine Menge schuldig", sagte Rick.
„Dürfen wir jetzt wieder als Superhelden arbeiten?", fragte Bob voll Hoffnung.
„Das müssen die Politiker noch ausknobeln", antwortete Rick. „Aber wir werden uns um alles andere kümmern. Das war super, Bob."
In der Zwischenzeit hing Helen am Handy, um ihre Nachrichten abzuhören. Die erste kam von Kari, der Babysitterin.

„Hallo, Ms. Parr? Jack-Jack geht es gut, aber hier geschehen seltsame Dinge. Würden Sie mich bitte zurückrufen?"

Bob lehnte sich zurück und war zum ersten Mal seit vielen Jahren wieder entspannt.

„Hey, du trägst deine Haare zurück", sagte er lächelnd zu Violetta.

„Was? Ach so ... ja", sagte Vi und strich sich nervös übers Haar. „Ich wollte nur ... ja."

„Sieht gut aus", meinte Bob.

„Danke, Dad", sagte Violetta bescheiden.

„Das war so megacool, als du das Auto geworfen hast, Dad", erinnerte sich Flash.

„Aber dein Übers-Wasser-laufen, das war noch cooler!", erwiderte Bob.

„Und Mom, hey, das war so fett, als du mit ausgestrecktem Arm den Bösewicht geschnappt und ihn gegen den anderen geschleudert hast. Das war megafett!", schwärmte Flash weiter.

Helen lächelte. „Ich höre nur schnell meine Nachrichten ab, Schätzchen."

Flash ließ sich in die Polsterung zurückfallen und rief: „Das war der beste Urlaub meines Lebens. Ich liebe diese Familie!“

Helen hielt sich mit einer Hand das Ohr zu, damit sie die nächste Nachricht verstehen konnte. „Ich schon wieder“, sagte Kari. „Jack-Jack geht es immer noch gut, aber langsam wird er mir unheimlich. Kommen Sie bald zurück? Bitte rufen Sie mich an, okay?“

„Bob, hör dir das an“, sagte Helen, die plötzlich voller Sorge war. Bob lehnte sich zum Telefonhörer: „Hi, hier ist Kari. Tschuldigung fürs Ausflippen, aber ihr Baby hat besondere Bedürfnisse. Na ja, jedenfalls danke für den Ersatzsitter.“

Bob und Helen tauschten besorgte Blicke aus.

31

Bob und Helen öffneten die Haustür und erkannten gleich, wer der Ersatzsitter war.
„*Shhh*, das Baby schläft doch“, lachte Syndrom, der Jack-Jack im Arm hielt.
„Du hast mir meine Zukunft gestohlen“, sagte er ruhig. „Ich will dir den Gefallen nur erwidern. Aber keine Sorge, ich werde bestimmt ein gutes Vorbild sein: unterstützend und ermutigend. Alles, was du nicht warst.“
Jack-Jack wachte auf und fing an zu weinen.
„Und eines Tages, wer weiß, wird aus ihm vielleicht ein guter Schüler.“
Syndrom sprengte ein Loch in das Dach des Hauses. Hoch oben am Himmel wartete sein Flug-

zeug. Syndrom aktivierte die Raketenstiefel und zischte mit dem weinenden Jack-Jack in die Höhe. Als er sich dem Flugzeug näherte, öffnete sich eine Luke. Schon wollte er sich ducken, um hineinzuschlüpfen, da wurde Jack-Jacks Geschrei immer lauter und lauter. Syndrom traute seinen Augen nicht, als sich Jack-Jack plötzlich in glühendes Feuer und dann in ein grässliches, brüllendes Mini-Monster verwandelte.

Panisch versuchte Syndrom, das Baby fallen zu lassen, doch Jack-Jack konnte sich an seinen Raketenstiefeln festkrallen.

Syndrom verlor die Kontrolle über seinen Flug, während Jack-Jack begann, ihm die Stiefel zu zerfetzen. Mit einem letzten Stück der Raketenstiefel in jeder Hand ließ Jack-Jack los und stürzte ab. Bob und Helen sahen vom Boden aus hilflos zu. Was sollten sie nur tun? Da streckte sich Helen schnell in die Form eines Wurfspeers, und Bob schleuderte sie mit all seiner Superkraft in Richtung ihres Babys.

Helen schnellte in die Höhe und fischte Jack-Jack aus der Luft. Dann bauschte sie sich zu einem Fallschirm auf und segelte mit dem Baby im Arm gemächlich zu Boden.

„Mit dir bin ich noch nicht fertig!“, brüllte Syndrom, der sich wieder gefangen hatte. Er stand in der Luke seines Flugzeugs, das Cape wehte im Wind. Da griff sich Bob kurzerhand seinen geliebten neuen Sportwagen und schleuderte ihn in die Luft.

„Ich werde mir euren Sohn schon noch holen!“, brüllte Syndrom, doch dann knallte das Auto gegen das Flugzeug und brachte den Bösewicht ins Schwanken. „Ich … iich … iiii …!“ Dann spürte er ein Zerren an seinem Hals. Er drehte sich um und sah, wie der Saum seines Capes in die Turbine des Flugzeugs gesaugt wurde. Es war Syndroms allerletzter Vortrag gewesen.

„Mami ist da, mein Schatz“, sprach Helen mit dem kleinen Jack-Jack, der in ihren Armen wieder seine normale Gestalt angenommen hatte. „Mami hat dich. Alles ist gut.“

Doch Jack-Jack sah, wie das brennende Flugzeugwrack auf sie herabstürzte. Er zeigte panisch nach oben und begann lauthals zu kreischen. Sobald Helen gelandet war, kauerte sie sich mit dem Rest der Incredibles zusammen. Rundherum krachten die Flugzeugteile auf sie herab und gingen mit einem lauten Knall in Flammen auf.

Das Haus der Familie Parr war nur noch ein Trümmerhaufen. Doch inmitten von Schutt und Asche hatten die Incredibles um Haaresbreite überlebt. Vi hatte das stärkste Kraftfeld geschaffen, das sie jemals zustande gebracht hatte. Ihre Eltern und Geschwister, die mit ihr in der Schutzblase saßen, sahen sie voll Anerkennung an. Wie stark sie doch war!

„Ich wusste, du kannst es!“, sagte Helen. Die Familie war gerettet! Alle fünf stiegen aus dem glühenden Schutthaufen und hatten nicht einen einzigen Kratzer abbekommen.

„Oh Mann, das war total abgefahren!“ Dem Nachbarsjungen auf dem Dreirad blieb vor Staunen der Mund offen stehen.

32

Dieser Tag änderte alles im Leben der Familie Parr. Ihre geheimen Identitäten blieben zwar geheim, aber es war offensichtlich, dass sie neues Selbstvertrauen getankt hatten.

„Hi … Du bist Violetta, richtig?“, sprach Tony Rydinger Vi beim Leichtathletik-Wettkampf ihrer Schule an.

„Ja, bin ich“, sagte sie geradeheraus.

„Du siehst … mmm … anders aus“, meinte er.

„Ich fühle mich auch anders. Ist anders in Ordnung?“, fragte Vi schmunzelnd.

„Anders ist fantastisch“, sagte Tony, dem das Mädchen echt gut gefiel. „Würdest du … meinst du, dass wir beide, du und ich … du weißt

schon“, stammelte er und fühlte sich plötzlich ein wenig schüchtern.
„Wollen wir ins Kino gehen?“, half Violetta Tony auf die Sprünge. „Ich bezahl auch das Popcorn.“
„Ins Kino? Das ist gut. Ja! Hey, warte, also Freitag?“, fragte Tony.
„Ja, Freitag“, sagte Violetta und lächelte ihn glücklich an.
An diesem Tag war Flash Parr unter den Teilnehmern auf der Laufbahn. Seine Familie saß auf den Publikumsrängen und feuerte ihn an.
„Lauf Flash, lauf!“, riefen Bob, Helen und Violetta, als der Startschuss gefallen war.
Flash hielt sich am Ende des Läuferfeldes und grinste zu seiner Familie hoch.
„Lauf, Flash, schneller, nicht aufgeben!“ Flash beschleunigte und setzte sich an die Spitze der Teilnehmer.
„Nicht so schnell, Flash!“, riefen Bob und Helen, da bremste Flash ab und beendete das Rennen als

glücklicher Zweiter. Die Familie Incredible hätte nicht stolzer sein können.

Als sie alle nach Hause aufbrachen, hörte man vom Parkplatz her plötzlich ein lautes Rumpeln und die Erde begann zu beben. Der Boden hob sich und brach auf. Von unten schraubte sich ein riesiger Bohrer empor.

Theatralisch baute sich vor ihnen ein Superschurke mit Metallklauen auf und verkündete lautstark: „Ich bin der Tunnelgräber! Ich untergrabe alles, aber niemand untergräbt mich!"

Der Bösewicht hielt weiter seinen Vortrag, als Bob und Helen einander lächelnd in die Augen sahen und nickten. Die Familie setzte sich die Masken auf. Mit diesem Kerl würden sie ein leichtes Spiel haben, dachte Bob, als er sein Hemd aufriss und das „i" für Incredible auf seinem Superanzug zum Vorschein kam.

Die Incredibles waren bereit für ihren nächsten Einsatz!

Disney · PIXAR

DIE UNGLAUBLICHEN

THE INCREDIBLES

Nach einem Streit mit seinem Chef wird Bob gefeuert.
Wie soll er denn nun seine Familie ernähren?

Seit Superhelden verboten wurden, trauert Bob seiner Zeit als großer Held nach. Oft schaut er sich die alten Zeitungsartikel und Fotos an.

Die geheimnisvolle Mirage bietet Mister Incredible
einen gefährlichen Auftrag an.
Natürlich schreckt der Held nicht davor zurück.

Bei diesem Auftrag begegnet Mister Incredible
einem Bösewicht namens Syndrom.
Dieser kommt ihm irgendwie bekannt vor ...

Als Bobs Familie von seiner geheimen Mission erfährt, kommt sie ihm sofort zu Hilfe.

Aller Anfang ist schwer: Violetta fällt es noch nicht leicht, ihre Kräfte auf Kommando einzusetzen.

Gemeinsam mit Frozone stellen sich die Unglaublichen Syndroms riesigem Roboter. Ob er sich wirklich einfach per Fernbedienung abschalten lässt?

Nach ihren Abenteuern hat Vi endlich genug Selbstvertrauen, um ihren Schwarm Tony Rydinger anzusprechen.

Disney · PIXAR

DIE UNGLAUBLICHEN 2

Winston hat ein großes Ziel: Kein Held soll sich mehr verstecken müssen!

Helen rettet als Elastigirl Menschenleben und gibt Interviews. Damit hilft sie Winston, sein Ziel zu erreichen und das Ansehen aller Helden zu verbessern.

Während Helen Heldentaten vollbringt, kümmert Bob sich um die Kinder ...

... als Baby Jack-Jack seine Kräfte zeigt, ist das allerdings schwieriger als erwartet.

Nach einer verpatzten Verabredung will Bob seiner Tochter helfen, ihrem Schwarm Tony näherzukommen. Er macht damit aber alles schlimmer – und vor allem peinlicher.

Ob Superhelden oder nicht: Mathe ist auch für Bob und Flash eine große Herausforderung.

Der Screenslaver hat es sich zur Aufgabe gemacht, Winstons und Elastigirls Plan zu durchkreuzen. Nie wieder sollen Helden frei unter normalen Menschen leben dürfen!

Mit diesen Helden stimmt etwas nicht. Nun ist es an Flash und Vi – und Baby Jack-Jack – die Situation zu retten.

Disney · PIXAR

DIE UNGLAUBLICHEN 2

Prolog

Grelles, weißes Licht durchbrach die Dunkelheit eines fensterlosen Raumes.

„Aktenzeichen 82-712, das Verhör führt Agent Rick Dicker“, sprach der Geheimagent mit regungsloser Miene in ein Mikrofon. Auch seine Stimme verriet keinerlei Regung, als er mit der Befragung des verlegen dreinblickenden Jungen begann, der ihm gegenübersaß. „Sag deinen Namen, bitte.“

Der Teenager zuckte zusammen und blinzelte in das gleißende Licht. „Ä-hem“, räusperte er sich. „Tony. Tony Rydinger.“

„Erzähl mir von dem Vorfall“, forderte Dicker ihn auf.

„Na ja, also, da war dieses Mädchen …“ Tony erinnerte sich noch bis ins kleinste Detail, wie er an jenem Tag im Sportstadion auf ein Mädchen aus seiner Schule zugegangen war und es angesprochen hatte.
„Hi … Du bist Violetta, richtig?“
„Ja, bin ich“, lautete ihre Antwort. Sie lächelte.
„Du siehst … hmmm … anders aus“, sagte Tony.
„Ich fühle mich auch anders“, entgegnete Violetta selbstsicher.
Tony erzählte Mister Dicker, dass er sie schon vorher flüchtig gekannt hatte, sie sich aber irgendwie verändert habe.
„Sie war auf einmal so selbstbewusst“, sagte er. „Cool. Irgendwie süß.“
Er wurde ein kleines bisschen rot, räusperte sich wieder und erzählte weiter, wie er und Violetta sich zum Kino verabredet hatten. Danach waren beide wieder zu ihren Plätzen auf der Tribüne zurückgekehrt, um sich die Wettkämpfe anzusehen.

Alles war noch ganz normal, als Tony und seine Freunde sich über den Parkplatz auf den Nachhauseweg machten. Doch dann erzitterte plötzlich die Erde. Es begann immer stärker und stärker zu beben, bis auf einmal ein gigantisches Panzerfahrzeug durch die Erdoberfläche brach. Es schob einen riesigen Tunnelbohrer vor sich her. Autos wurden durch die Luft geschleudert, und Tony und seine Freunde stoben in unterschiedliche Richtungen auseinander, um sich in Sicherheit zu bringen. Tony ging hinter einem Wagen in Deckung und schielte seitlich hervor. So konnte er mit ansehen, wie das Chaos sich in der Stadt breitmachte. Durch das Gewirr von Autos und panischen Menschen beobachtete er, wie sich aus dem Panzerfahrzeug langsam ein Podest emporhob. Darauf erschien ein wuchtiger Superschurke mit maulwurfsartigen Metallhänden. Er trug eine Rüstung und einen viel zu großen Bergwerkshelm. Die ganze Stadt erzitterte, als er mit hässlich dröhnendem Gelächter die Stimme erhob.

„Ich bin der Tunnelgräber. Ich untergrabe alles, aber niemand untergräbt mich!“, brüllte er. „Hiermit erkläre ich Glück und Frieden den Krieg!“
Tony, der nach einem Fluchtweg Ausschau hielt, schlich sich hinter ein anderes Auto. Da bemerkte er ein seltsames Paar kniehohe Stiefel über rotem, dehnbarem Stoff.
„Ihr zwei bleibt hier“, sagte eine Männerstimme.
„Warte kurz. Sollen wir das wirklich tun? Es ist immer noch gegen das Gesetz“, hörte man eine Frau sagen.
Tony erklärte Mister Dicker, er habe sich damals sofort gedacht, dass es sich bei den beiden um Helden mit Superkräften handeln müsse.
Tony hörte mit an, wie der Mann und die Frau diskutierten. Doch dann zog sich der Tunnelgräber in seine Riesenbohrmaschine zurück und begann, sich in die Erde zu schrauben.
„Einer von euch sichert die Absperrung. Haltet die Leute zurück, damit niemandem etwas pas-

siert. Und der andere kümmert sich um Jack-Jack!“, ordnete die Frau an.
„Aber ich dachte, wir dürfen mit euch kommen“, beschwerte sich ein Mädchen.
„Du hast deine Mutter gehört!“, sagte der Mann.
Tony erinnerte sich, wie die beiden Erwachsenen schnell losliefen, um sich den Tunnelgräber vorzuknöpfen.
„Ich mache die Absperrung!“, sagte ein Junge.
„Du machst gar nichts, du kleines, hinterlistiges Aas!“, schimpfte das Mädchen.
Tony wollte die Gelegenheit nutzen, um sich aus dem Staub zu machen, aber als die beiden Kinder sich weiter stritten, kam ihm die Stimme des Mädchens auf einmal bekannt vor.
„Na super“, sagte sie. „Du machst hier einen auf großer Held, während ich am Parkplatz versauere und den beknackten *Babysitter* spiele!“
Sie riss sich die Maske vom Gesicht und knallte sie auf den Boden. Tony glotzte sie mit weit aufgerissenen Augen an. Sie trug einen Superanzug! Zu

Mister Dicker sagte Tony, er habe gewusst, die Stimme von irgendwoher zu kennen … Es war Violetta! Tony traute seinen Augen kaum.
Dann bemerkte Violetta Tony. Sie machte einen Versuch, ihn zu beruhigen, aber für Tony war die Situation einfach zu verwirrend. Er wusste nicht, wie er reagieren sollte, also lief er einfach weg.
Im Verhörraum schaltete Dicker ein seltsames Gerät ein, das über ihren Köpfen an der Decke befestigt war.
„Wissen Sie, es tut mir irgendwie leid", sagte Tony, während Dicker mit einem Strahl aus Laserlicht zwischen Tonys Augenbrauen zielte. „Vielleicht hätte ich ‚Hallo' sagen sollen oder so was. Ich meine, ist ja nicht ihre Schuld, dass Helden verboten sind. Außerdem hab ich nichts gegen starke Mädchen. Da lasse ich mich echt nicht einschüchtern … ich meine, so als Mann … Was ist das?", fragte Tony, als er den unbekannten Apparat entdeckte.
Dicker ging nicht auf die Frage ein. „Hast du

irgendjemandem von der Sache erzählt?“, fragte er. „Deinen Eltern vielleicht?“
„Nein“, sagte Tony. „Die würden nur denken, dass ich irgendetwas vor ihnen verheimliche. Sie wissen ja, wie Eltern sind.“
„Natürlich“, antwortete Dicker.
„Wissen Sie, Mister Dicker, ich mag dieses Mädchen. Wir wollten am Freitag miteinander ausgehen. Und jetzt wird alles … na ja … einfach nicht mehr dasselbe sein. Ich wünschte, ich könnte vergessen, sie jemals in diesem Anzug gesehen zu haben.“
„Das wirst du, mein Junge“, sagte Dicker. „Das wirst du.“
In diesem Moment wurde ein kleiner Saugnapf aus der Maschine über ihnen abgefeuert und blieb auf Tonys Stirn haften. Seine Augenlider zuckten ein paarmal, dann wurde alles schwarz.

1

Mister Incredible klammerte sich an das Dach der riesigen Tunnelbohrmaschine, während der Bohrkopf sich weiter durch die Erde fraß. Er hielt sich mit aller Kraft fest, trotzdem schüttelte ihn die Maschine bald ab und er wurde zu Boden geschleudert. Staub und Schutt flogen ihm in den Mund, und er konnte kaum noch atmen.
Der Monsterbohrer schuf einen enormen Hohlraum unter dem Bankenviertel der Stadt. Als die Maschine damit fertig war, öffnete sich eine Luke und der Tunnelgräber schaute heraus. Er richtete eine Fernbedienung auf die ausgebohrte Höhle und lachte. „Ihr seid UNTERMINIERT!“ Dann drückte er einen Knopf und nur wenige

Sekunden später gab es eine ohrenbetäubende Explosion.
Ganze Bankhäuser sackten ins Innere der Höhle ab, sodass über der Erde nur noch eine riesige Staubwolke übrig blieb. Die Bohrmaschine setzte sich wieder in Bewegung. Diesmal bohrte sie Löcher in die Mauern der Banken, bis tief hinein in die Tresorräume, wo das Geld gelagert war.
WUUP! WUUP! WUUP! Ein schriller Alarm ertönte und rote Signalleuchten blinkten hektisch auf. Doch nichts davon schreckte den Tunnelgräber ab. Er zog einen langen, dicken Schlauch aus seiner Maschine und schleppte ihn in jeden der Tresorräume. Dann aktivierte er den Power-Sauger. Berge von Geldscheinen und Urkunden wurden durch den Schlauch in die Bohrmaschine gesaugt!
Da erschien Mister Incredible wieder auf der Bildfläche. Die Hände in die Hüften gestemmt, sagte er: „So sieht man sich wieder, Tunnelgräber!“

Erschrocken drehte sich der Tunnelgräber zu ihm um, den Geldsauger immer noch in der Hand. Und noch bevor einer der beiden reagieren konnte, wurde Mister Incredible eingesaugt. Der Schlauch beulte sich aus und wand sich, weil Mister Incredibles Körper eigentlich viel zu groß für ihn war.

„Auch das noch!“, grunzte der Tunnelgräber verärgert.

Der Druck im Schlauch stieg immer weiter an, weil Mister Incredible den Durchgang verstopfte. Irgendwann wurde die Kraft so groß, dass er einfach weitergequetscht wurde. Am anderen Ende des Schlauches flog er mit vollem Karacho in einen Raum aus Metall am Ende der Bohrmaschine. Hinter ihm schoss ein Schwall von Münzen und Banknoten aus dem Schlauch und türmte sich um ihn auf.

Der Tunnelgräber setzte einen finsteren Blick auf, als er vom Inneren seines Panzers ein pochendes Geräusch vernahm. Schon sah man, wie sich an einer Stelle die Metallwand ausbeulte, und mit jedem Schlag wurde die Ausbuchtung größer. Eilig stellte der Tunnelgräber die Regler auf Autopilot. Als Mister Incredible die Panzerwand durchbrach, stand der Tunnelgräber schon bereit und verpasste ihm einen Schlag auf den Kopf. Dann begann er, seine metallenen Schaufelkrallen wie einen Presslufthammer blitzschnell auf und ab zu bewegen.

„Hey, Incredible!", brüllte der Tunnelgräber, „hier kommt der OBERHAMMER!"

Mister Incredible und der Tunnelgräber lieferten sich einen erbitterten Kampf, bis es Mister Incredible gelang, seinen Gegner auf das Kontrollpult zu schleudern. Doch das Pult brach in Stücke und die riesige Tunnelbohrmaschine geriet außer Kontrolle. Sie schraubte sich nach oben zur Erdoberfläche. Der Tunnelgräber wich ins Innere seines Panzers zurück. Doch auf einmal trennte sich dieser Teil der Maschine ab. Es wurde zu einem Fluchtfahrzeug! Mithilfe einer Minifräse

bohrte der Tunnelgräber schnell einen Gang in den Erdboden und verschwand.
Mister Incredible blieb allein in der Tunnelbohrmaschine zurück, die weiter in unkontrolliertem Zickzack auf die Oberfläche zusteuerte. Er drückte jeden einzelnen Knopf und legte sämtliche Schalter um, doch die Maschine ließ sich nicht aufhalten. Auf einem Bildschirm neben dem Kontrollpult blinkte eine Warnmeldung auf: Durchbruch in DREI … ZWEI … EINS …
„NEIN! Nein, nein, nein!", rief Mister Incredible und hämmerte mit den Fäusten auf das Schaltpult ein.
Mit einem lauten Krach durchbrach die Maschine den Asphalt und donnerte auf die Straßen zu, die den Parkplatz des Stadions umgaben.
Nur wenige Häuserblocks weiter kümmerte sich Flash darum, dass die Menschenmenge hinter der Absperrung blieb. Da sah er nicht weit entfernt eine Rauchwolke in den Himmel steigen.
„Bleiben Sie zurück!", rief er den Menschen zu.

Dann bediente er sich seiner megaschnellen Superkräfte und zischte an den Ort des Geschehens.
Auch Violetta wollte helfen. Als sie Flashs Schatten an sich vorbeirauschen sah, brüllte sie ihm nach: „Du wirst mich hier nicht zum Babysitten verdonnern!"
Sie rannte Flash nach und schob Jack-Jacks Buggy vor sich her.
Währenddessen schwang sich ihre Mutter als Elastigirl mit ihrem dehnbaren Körper quer durch die Stadt, bis sie die Tunnelbohrmaschine erreicht hatte und darauf zum Stehen kam. Ihr Mann tauchte aus dem Inneren der Maschine auf.
„Ich kann sie weder lenken noch anhalten und der Tunnelgräber ist entkommen!", sagte er.
„Wir müssen die Maschine aufhalten, bevor ..."
Weiter kam Elastigirl nicht, denn sie sah voller Entsetzen, dass über ihr auf dem Gleis ein Zug heranrollte. Zu spät! Der Bohrer rammte einen der Stützpfeiler, die Gleise brachen auseinander und der Zug stürzte in die Tiefe. In diesem

Augenblick zog ein eisiger Windhauch vorbei: Frozone! Mit seinen Superkräften schuf er eine Spur aus Eis, auf der er den Zug ableiten und ein Unglück verhindern konnte.

Doch der Tunnelbohrer wütete unaufhaltsam weiter durch die Stadt.

„Wir müssen das Ding stoppen, bevor es die Autobahnbrücke erreicht!“, rief Elastigirl.

„Ich versuche, es von den Gebäuden fernzuhalten“, schrie Mister Incredible zurück und versuchte gleichzeitig, einen Laternenmast im Gewinde des Bohrers zu verkeilen. Vergeblich. Die riesenhafte Maschine drehte sich unbeirrt weiter, schrammte an Hausfassaden vorbei und zermalmte alles, was sich ihr in den Weg stellte.

Während Flash durch den Schutt rannte, sah er plötzlich ein Auto durch die Luft wirbeln, das der Bohrer emporgeschleudert hatte. Eine alte Dame wäre beinahe davon getroffen worden, aber Flash packte sie und rettete sie im letzten Augenblick vor der Gefahr.

„Vielen Dank, junger Mann“, bedankte sie sich. Flash sah, wie Jack-Jacks Buggy mit dem glucksenden und gurgelnden Baby darin auf ihn zurollte. Flash knurrte, als ihm klar wurde, dass nun *er* mit Babysitten dran war.
„Violetta!“, rief er, denn er wusste, dass seine Schwester hier irgendwo sein musste. Sie konnte sich zwar unsichtbar machen, aber vielleicht verriet sie sich ja irgendwie.
Violetta wurde wieder sichtbar und schirmte sich mit einem Kraftfeld ab, während sie die Verfolgung des Tunnelgräbers aufnahm.
Unterdessen schwang sich Elastigirl auf die Autobahnbrücke, fuhr ihre dehnbaren Arme seitlich aus und hinderte so die herannahenden Autos daran, die Brücke zu befahren, denn die Tunnelbohrmaschine hatte bereits die Pfeiler eingerissen. Die Brücke stürzte in sich zusammen. Um nicht mit in die Tiefe gerissen zu werden, streckte Elastigirl sich nach einer Straßenlaterne aus und hielt sich daran fest.

Mister Incredible versuchte immer noch, den Bohrer zu stoppen. Da rauschte Flash an seinem Vater vorbei.

„Aufgepasst, Dad!“, rief er. Auf einmal hatte Mister Incredible den kleinen Jack-Jack im Arm!

Violetta baute auf der anderen Seite des Bohrers eine Reihe von Kraftfeldern auf, um die umstehenden Menschen vor Schaden zu bewahren.

Elastigirl sah sie. „VIOLETTA! WER PASST AUF JACK-JACK AUF?“

„Flash!“, schrie sie zurück.

Mister Incredible sprintete an Violetta vorbei und drückte ihr Jack-Jack in die Arme. „Hier, Violetta, nimm du ihn!“

Elastigirl sprang von einem Laternenpfahl und schlüpfte in die offene Luke des Tunnelbohrers.

Als Mister Incredible und die Kinder die Verfolgung der Maschine aufnahmen, wurde ihnen langsam klar, welche Richtung sie eingeschlagen hatte: das Rathaus der Stadt! Auch sie sprangen

nun auf die Maschine und kletterten durch die Luke hinein.
Elastigirl schlängelte sich inzwischen durch den Motorraum des Bohrers und machte sich dabei so dünn sie nur konnte. Ihr Plan war, die Kühlflüssigkeit des Motors abzulassen, damit die Maschine überhitzte. Da kam ihr Mister Incredible zu Hilfe.
„Hilf mir mal mit dem Kessel!", forderte Elastigirl ihn auf.
Er eilte zu ihr, um das Teil aus der Verankerung zu reißen und auszuleeren.
„Das sollte funktionieren!" Elastigirl wandte sich gerade zum Gehen, als sie ihre Kinder sah. „Was tut ihr hier? Schnell weg! Das Ding fliegt gleich in die Luft!"
„Zu spät!", schrie Violetta. Sie reichte Jack-Jack ihrer Mutter und hüllte die ganze Familie in ein Kraftfeld, gerade rechtzeitig, bevor ein gigantischer Knall den Tunnelbohrer erzittern ließ. Die Monstermaschine kam zum Stillstand – direkt vor

den Toren des Rathauses. Die Incredibles kauerten auf dem Boden des Bohrers und lachten erleichtert.

„Wir haben es geschafft“, jubelte Flash.

„Keine Bewegung!“ Die Familie blickte auf und sah durch die geöffnete Luke eine Polizeieinheit, die sich mit gezogenen Waffen über ihnen aufgebaut hatte.

„Ähm, was haben wir denn bitte getan?“, fragte Mister Incredible.

2

Agent Rick Dicker von der staatlichen Heldenbehörde fuhr die Incredibles nach Hause. Alle Familienmitglieder trugen nun wieder ihre Alltagskleidung und lauschten schweigend dem brummenden Motorengeräusch des gepanzerten Polizeitransporters.

„Tja, das war wohl ein Reinfall“, sagte Mister Incredible in die Stille hinein.

„Dad?“, begann Violetta vorsichtig, „das ist jetzt vielleicht nicht der allerbeste Zeitpunkt, aber heute ist etwas passiert ... mit einem Jungen ... und meiner Maske ...“. Dann erzählte sie ihrem Vater, dass Tony sie gesehen hatte.

Kurz darauf bogen sie auf den Parkplatz ihres

vorübergehenden Zuhauses ein: das Safari Court Motel. Das einfache, in orange-braunen Farbtönen gehaltene Motel hatte auf dem Dach eine Werbetafel, deren Leuchtschrift müde vor sich hin flackerte. Die Tür zum Laderaum wurde geöffnet und die Familie Parr sprang der Reihe nach aus dem Wagen.

Helen und die Kinder steuerten auf den Eingang zu, während Bob noch zurückblieb, um Rick Dicker von dem Vorfall mit Tony zu berichten.

„Quatscht der Typ viel?“, erkundigte sich Dicker durchs Wagenfenster.

„Kann ich nicht sagen. Jedenfalls heißt er mit Nachnamen Rydinger“, erzählte Bob.

Dicker zog seinen Notizblock heraus und schrieb sich den Namen auf. Dann sagte er, er wolle sich um alles kümmern.

Bob wollte sich eben zu seiner Familie gesellen, da rief Rick ihn und Helen zurück. „Bob, Helen … Habt ihr noch einen Augenblick?“ Rick machte ein betretenes Gesicht. „Das Heldenschutzpro-

gramm ist aufgelöst worden“, sagte er und seufzte.
Er wusste genau, wie wichtig es für die Familie Parr gewesen war. Seit die Helden gezwungen worden waren, unterzutauchen, hatte es ihnen viele Male aus der Patsche geholfen.
„Die Politiker verstehen nicht, dass es Menschen gibt, die Gutes tun, einfach weil es das Richtige ist. So wie ihr. Das macht sie nervös. Sie haben es jetzt schon seit mehreren Jahren auf die Helden abgesehen. Was heute passiert ist, hat nur noch das Fass zum Überlaufen gebracht …“ Dann verstummte er, aber seine traurigen Augen sprachen Bände: Es tat ihm alles schrecklich leid.
„Na ja … jedenfalls, ich bin raus. Zwei Wochen im Motel kann ich noch rausschlagen, aber ich fürchte, mehr kann ich nicht mehr für euch tun.“
„Du hast schon so viel für uns getan, Rick“, sagte Helen dankbar. Sie beugte sich zum Fenster hinein und umarmte Rick.

„Wir werden dich nie vergessen“, sagte Bob.
„Na dann, es war mir eine große Ehre, mit euch zu arbeiten“, schloss Rick.
Bob und Helen dankten ihm noch einmal für alles und wünschten ihm Glück. Als der Wagen sich entfernte, winkten sie ihm noch lange nach.
Am Abend hatte sich die Familie Parr um einen kleinen, runden Tisch zum Essen versammelt. Sie lebte bereits seit Monaten hier, und das Motelzimmer fühlte sich eng und vollgestopft an. Es war einfach viel zu klein für eine fünfköpfige Familie.
In der Mitte des Tisches standen einige Pappschachteln mit chinesischem Essen. Helen setzte Jack-Jack in den Hochstuhl und schloss den Gurt um seinen Bauch. Flash griff nach den Frühlingsrollen, doch noch bevor er sich eine schnappen konnte, legte Violetta ein Kraftfeld über das Essen und fragte: „Hast du dir die Hände gewaschen?“
Flash guckte finster und war auf einmal vom

Tisch verschwunden. Blitzschnell war er wieder da und griff erneut nach den Frühlingsrollen. Doch wieder beschützte Violetta das Essen mit einem Kraftfeld und fragte: „Mit Seife?“

Flash zischte noch einmal davon, war aber innerhalb einer Sekunde wieder da.

„Hast du sie abgetrocknet?“, fragte sie mit einem Grinsen im Gesicht.

Flash kniff sauer die Augen zusammen und trocknete seine Hände durch superschnelles Schütteln. Dann endlich, mit einem triumphierenden Knurren, nahm er sich eine Frühlingsrolle. Dann sah er nach, was in den anderen Schachteln war.

„Was, gibt's jetzt nur Gemüse oder wie?“, schimpfte er lauthals. „Wer hat denn nur Gemüse bestellt?“

„Ich“, sagte Helen, und ihr strenger Ton signalisierte ihm, dass sie nicht bereit war, darüber zu diskutieren. „Gemüse ist gesund und auch du wirst welches essen“, schloss sie und häufte ihm eine Portion auf den Teller.

„Also. Wollen wir vielleicht mal aufhören, drum herumzureden?", fragte Violetta.
Den Mund voller Wok-Gemüse sah Bob zu Violetta auf. „Um was?"
„Um den heißen Brei?", meinte Violetta.
„Was denn für ein Brei?" Bob hatte keine Ahnung, wovon sie sprach.
„Dann eben nicht", murrte Violetta.
„Meinst du das, was heute passiert ist?", fragte Helen.
„Haben wir irgendetwas falsch gemacht?", fragte Flash.
„Wir haben alle Fehler gemacht", sagte Helen ruhig. „Ihr Kinder hattet zum Beispiel den Auftrag, auf Jack-Jack aufzupassen."
„Wir sollten Babysitten …", schnaubte Violetta, „während ihr euch um die wirklich wichtigen Dinge kümmert."
„Das hatten wir doch schon besprochen", sagte Helen. „Ihr seid einfach noch nicht groß genug, um solche Dinge zu entscheiden."

„Aber wir sind groß genug, um euch zu helfen", unterbrach sie Violetta. „Nicht wahr, Dad, das hast du doch gesagt?"

Bob blickte konzentriert auf seinen Teller. „Äh, tja ... ‚helfen' kann aber alles Mögliche sein ..."

„Aber wir *müssen* doch helfen dürfen, wenn jemand in Schwierigkeiten steckt", sagte Violetta.

„Na ja, ... ja ... aber ...", stammelte Bob.

„Seid ihr nicht froh darüber, dass wir euch heute geholfen haben?", fragte Violetta.

„Schon ... Ich war, ich BIN ..." Bob fand nicht die richtigen Worte.

Da rief Flash: „Ich *will* aber gegen die bösen Kerle kämpfen!"

Jack-Jack plapperte ihm zustimmend nach und streckte die Fäustchen in die Luft. Dann schlug er damit auf das Tischchen seines Hochstuhls.

„Nein, das willst du nicht", widersprach ihm Helen.

Doch Violetta wandte ein: „Aber du sagtest doch, dass die Dinge sich verändert haben."

Helen erklärte ihr, dass das für die Zeit gegolten habe, als sie gegen Syndrom kämpften. Damals waren die Regeln *tatsächlich* andere, weil jeder von ihnen in Gefahr war.

„Das heißt, wir dürfen unsere Superkräfte wieder nicht benutzen?“, fragte Violetta verärgert.

„Aber nur dadurch kann ich sein, wer ich wirklich bin“, sagte Flash.

„Das soll doch nicht heißen, dass …“ Bob hielt inne, als Flashs Worte langsam bei ihm einsickerten. Er sah ihn an. „Was sagst du da?“

„Das hab ich mal im Fernsehen gehört“, erwiderte Flash und zuckte mit den Schultern.

„Lasst uns doch einfach essen, ja? Solange es noch heiß ist“, warf Helen ein. Sie hoffte, der Unterhaltung damit ein Ende zu setzen.

„*Haben* wir nun etwas falsch gemacht?“, fragte Flash weiter.

„Ja!“, erwiderte Helen.

„Nein!“, widersprach Bob. Helen warf ihrem Mann einen strengen Blick zu, doch Bob ließ sich nicht abbringen. „*Wir haben absolut nichts falsch gemacht*“, beharrte er.

„Heldentaten *sind* nun mal verboten“, sagte Helen. „Fair oder nicht, so will es das Gesetz.“

„Aber das Gesetz *muss* doch fair sein, oder nicht? Sollen wir unseren Kindern etwa beibringen, dass das Gesetz *nicht* fair ist?“, protestierte Bob.

„Unsere Kinder sollen lernen, das Gesetz zu respektieren!“, erwiderte Helen, die langsam zornig wurde.

„Sogar, wenn das Gesetz selbst total respektlos ist?“, fragte Bob zurück.

„Wenn gewisse Regeln ungerecht sind, dann gibt es Gesetze, mit denen diese Regeln geändert werden können. Anders würden wir doch im Chaos versinken!“, entgegnete seine Frau.

„Du sagst es: Es herrscht Chaos, aber schon jetzt!“, sagte Bob aufbrausend.

Da schlug Helen mit der Hand auf den Tisch, dass die Teller nur so hüpften. Keiner rührte sich mehr. Alle wunderten sich über diesen plötzlichen

Ausbruch. Eine angespannte Stille legte sich über den Raum, während alle langsam wieder zu essen begannen.

Irgendwann sagte Violetta ganz leise: „Trotzdem war es irgendwie cool."

„Was war cool?", fragte Helen jetzt wieder ganz sanft.

„Verbrechen zu bekämpfen. Gemeinsam, so als Familie", antwortete sie.

Alle sahen einander an, und ohne ein Wort sagen zu müssen, wussten sie, dass es jedem von ihnen gleich erging.

„Stimmt, es war cool", sagte Helen. „Aber jetzt ist es vorbei. Die Welt ist eben so wie sie ist. Wir müssen uns ... anpassen."

„Ist die Welt denn schlecht, Mom?", fragte Flash besorgt.

„Nein, sie ist nicht schlecht", antwortete Helen. Flash war froh, das zu hören. So strich er kurzerhand die ganze Unterhaltung aus seinem Kopf, fragte, ob er aufstehen dürfe und räumte innerhalb von Sekunden seinen Teller ab. Dann schaltete er den Fernseher an und sah sich eine Sendung an, in der ein riesiges japanisches Monster über eine Stadt herfiel.

Violetta stand auf und fragte: „Wie lange müssen wir noch im Motel wohnen?"

„Nicht mehr lange, Schatz." Helen zwang sich zu einem Lächeln, um nicht zu zeigen, wie schwer diese Frage auf ihr lastete. Wohin würden sie als Nächstes gehen?

3

Nachdem die Kinder eingeschlafen waren, saßen Bob und Helen in Gedanken versunken nebeneinander am Rand des kleinen Swimmingpools, der zum Motel gehörte.
„Was sollen wir tun?", fragte Helen schließlich.
„Ich weiß es nicht", sagte Bob und zuckte die Achseln. „Vielleicht findet Dicker etwas …"
„Dicker ist Geschichte, Bob. Jede Hoffnung, wieder als Helden arbeiten zu können, ist eine Illusion. Einer von uns beiden braucht einen Job."
Helen wusste, dass Bobs ehemaliger Job bei der Versicherung eine Qual für ihn gewesen war. Daher schlug sie vor, dass diesmal sie arbeiten

würde und er sich daheim um die Kinder kümmern könne.
„*Ausgeschlossen*“, sagte Bob bestimmt. „Ich bin der Ernährer dieser Familie. Und ich werde gleich morgen damit beginnen, euch zu ernähren.“ Er seufzte. „Weißt du, wo mein Anzug und meine Krawatten sind?“
„Verbrannt, als …“, begann Helen.
„… als das Flugzeug in unser Haus gestürzt ist“, sprach Bob den Satz gemeinsam mit Helen zu Ende.
Die beiden lächelten einander an und dachten daran, wie froh sie sein mussten, diesen schrecklichen Tag überlebt zu haben.
Helen legte sanft ihre Hand auf seine und erinnerte Bob daran, dass sie sich als Familie auf niemanden mehr verlassen konnten, außer auf sich selbst. Plötzlich hörten sie ein Geräusch und sahen im Dunkel der Nacht die Umrisse einer Person, die sie von der gegenüberliegenden Seite des Pools beobachtete. Helen und Bob standen

auf und wichen ein wenig zurück. Da trat die Gestalt aus dem Schatten: Es war ihr guter alter Freund Lucius.

Erst atmete Bob erleichtert auf, dann warf er Lucius einen finsteren Blick zu. „Wohin bist du denn heute verschwunden? Du hast den lustigsten Teil verpasst“, sagte er sarkastisch.

„Ich weiß eben, dass man gehen muss, wenn es am schönsten ist. Sei nicht sauer deswegen“, verteidigte sich Lucius. „Ich bin doch genauso verboten wie ihr. Außerdem wusste ich, dass die Polizei euch laufen lassen würde.“

Helen lächelte. „Ja, obwohl Bob wirklich alles dafür getan hat, das zu verhindern …“ Bob verdrehte die Augen und musste schmunzeln.

„Ich habe gehört, dass das HSP ausläuft“, meinte Lucius. „Wie lange könnt ihr noch hierbleiben?“

„Zwei Wochen“, antwortete Bob.

„Ihr wisst ja – unser Angebot steht“, sagte Lucius.

„Das ist sehr großzügig von dir, aber wir sind zu

fünft. Das können wir dir und Honey nicht zumuten", sagte Helen entschlossen.

„Unsere Tür steht euch immer offen", bekräftigte Lucius. Anschließend erzählte er ihnen von einem Mann, den er auf dem Heimweg vom Kampf gegen den Tunnelgräber getroffen hatte. Er zog eine Visitenkarte aus der Tasche und reichte sie Helen. Der Mann arbeitete für einen mächtigen Wirtschaftsboss namens Winston Deavor, der sich mit ihnen treffen wollte, um über „Heldenangelegenheiten" zu sprechen. Lucius klappte seinen Mantel auf, sodass man seinen Frozone-Superanzug darunter hervorblitzen sehen konnte.

„Oh, Mann", raunte Helen. „Noch mehr Superschwierigkeiten? Wir sind eben erst von der *Polizeiwache* zurückgekommen, Lucius!"

Bob grinste seinen alten Freund verschmitzt an.

„Und wann wäre der Termin?"

„Gleich heute Abend. Ich bin gerade auf dem Weg dorthin", antwortete Lucius.

„Na dann, viel Spaß“, sagte Helen. „Ich lasse diese Runde aus.“
Bob versuchte, seine Frau umzustimmen. „Lass uns doch wenigstens hören, was der Mann zu sagen hat.“
Helen seufzte. Schließlich nickte sie und lenkte ein. Bob strahlte bei der Aussicht, endlich wieder einmal Heldensachen besprechen zu dürfen.
„Sollen wir … die Heldenanzüge tragen?“, fragte Helen.
„Ja, warum nicht! Kramt die alten Anzüge heraus!“, meinte Lucius. „Ich habe den Eindruck, der Kerl ist ein Freund der alten Zeiten.“

4

Mit einer Limousine wurden Mister Incredible, Elastigirl und Frozone zum Hauptsitz der Firma DevTech gebracht. Das moderne Hochhaus schien bis hinauf in die Wolken zu reichen. Als sie aus dem Wagen stiegen, steckte der Fahrer jedem von ihnen ein Namensschild für die Sicherheitskontrolle an. Danach begleitete er sie durch eine Drehtür ins Innere des Gebäudes.

Ein schicker Glasaufzug transportierte die Helden ins oberste Stockwerk, von wo man einen fantastischen Blick auf die darunterliegende Stadt hatte. Als sich die Aufzugtür öffnete, wartete davor ein Mann, der ihnen die Mäntel abnahm und sie in ein riesiges Penthouse führte.

„*Ich liebe euch Helden*!“, rief eine muntere Stimme hinter ihnen. Als sie sich umdrehten, sahen sie einen Mann freudestrahlend auf sie zukommen. „Die Superkräfte, die Kostüme, die legendären Kämpfe …“, schwärmte er. Er stellte sich ihnen als Winston Deavor vor, schüttelte ihnen die Hände und stimmte die persönliche Heldenhymne jedes Einzelnen an.
„Ich kann Ihnen gar nicht beschreiben, welche Ehre das für mich ist“, sagte Winston. Dann betrat eine Frau den Raum. „Und das hier ist meine unpünktliche Schwester Evelyn.“
„Na, Superhelden! Alles klar?“, sagte sie. „Tut mir leid, ich bin zu spät.“ Zu Winston sagte sie: „Ich schimpfe mich selbst, weißt du, dann brauchst du es nicht mehr zu tun.“
Winston warf ihr einen missbilligenden Blick zu, wandte sich aber gleich wieder an die Helden. „Spektakulär!“, rief er. „Sie tragen die Anzüge aus den guten alten Zeiten, nicht die, die Sie heute Nachmittag mit den Kindern getragen haben.“

Mister Incredible und Elastigirl tauschten einen besorgten Blick aus. Ihr Schreck, dass Winston Deavor ihre Kinder kannte, war nicht zu übersehen.

„Sie fühlen sich nicht wohl dabei, dass ich Ihre geheimen Identitäten kenne und weiß, dass Sie verheiratet sind und Kinder haben, nicht wahr?", antwortete Deavor. Aber er versicherte ihnen, dass sie sich darüber keine Sorgen zu machen brauchten. „Sie werden sich wahrscheinlich nicht an mich erinnern, aber ich habe einmal für Rick Dicker gearbeitet, kurz bevor Sie alle untergetaucht sind."

Frozone sah ihn sich noch einmal genauer an: „Jaa!", rief er, „Sie hatten mal lange Haare, oder?"

Winston nickte. „Dicker hat mich gezwungen, sie abzuschneiden." Sein Blick wanderte zur Wand, wo ein Porträt hing. „Mein Vater war so unglaublich stolz, dass ich mit Heldinnen und Helden zu tun hatte, denn er hat sie immer sehr bewundert.

Er spendete für wohltätige Heldenprojekte, trieb Sponsorengelder für die Turboman-Statue auf …“ Winston versank einen Augenblick lang in seinen schönen Erinnerungen. „Mein Vater kannte viele von ihnen persönlich, er hatte für Notfälle sogar ein eigenes Telefon mit einer direkten Verbindung zu Gazerbeam und Dynamo. Er war so stolz darauf, dass er es allen zeigen musste. … Es brach ihm das Herz, als Sie alle in den Untergrund gezwungen wurden.“
Da sagte Evelyn: „Vater glaubte, dass die Welt ohne Sie gefährlicher werden würde.“
„Und er ahnte nicht, wie recht er haben würde“, ergänzte Winston. Er erzählte den Helden eine schmerzvolle Geschichte aus seiner Kindheit. Eines Nachts brach jemand in das Haus der Familie ein. „Meine Mutter wollte sich verstecken, doch mein Vater bestand darauf, über das Notfalltelefon Gazerbeam anzurufen. Niemand antwortete. Er rief Dynamo an, auch da antwortete niemand. Die Helden waren kurz zuvor verboten

worden, dennoch war er sicher, dass sie ihn nicht im Stich lassen würden. Doch die Einbrecher entdeckten ihn, als er dort beim Telefon stand . . . und erschossen ihn."

„Das muss sehr hart für Sie gewesen sein", sagte Elastigirl.

„Ja, vor allem für Mutter", sagte Evelyn. „Sie starb nur wenige Monate später. An gebrochenem Herzen."

„Hätte man die Helden nicht vertrieben, wäre das alles nicht passiert. Davon bin ich überzeugt", sagte Winston.

„Oder ...Vater hätte Mutter in den Schutzraum begleiten können, sobald er wusste, dass ...", begann Evelyn mit einem verärgerten Ton.

„Das siehst du absolut falsch", unterbrach sie Winston. „Aber es ist nicht der richtige Zeitpunkt, um darüber zu diskutieren", fügte er hinzu und sein Ton wurde wieder freundlicher. „Wissen Sie", sagte er zu den Helden, „wir haben diese Sache schon hundertmal besprochen. Achten Sie gar nicht darauf. Tatsache ist, dass wir uns wieder gefangen haben und unsere Energie in den Aufbau von DevTech gesteckt haben."

„Ein weltklasse Telekommunikationsunternehmen", sagte Frozone.

„Ja, wir haben uns perfekt aufgestellt, um einige Dinge, die schiefgelaufen sind, wieder geradezurücken. Das ist auch der Grund für dieses Treffen", erläuterte Winston.

Kurz darauf saßen Mister Incredible, Elastigirl und Frozone auf einem Sofa in einem Vorführraum. „Ich möchte Ihnen allen eine Frage stellen: Was war der Hauptgrund dafür, dass Sie in den Untergrund gezwungen wurden?"

„Dummheit", platzte Mister Incredible heraus.

„Nein, Wahrnehmung", sagte Winston.

Evelyn drückte einen Knopf auf einer Fernbedienung und ein Bericht über den Angriff des Tunnelgräbers flimmerte über eine Großbildleinwand. „Nehmen wir zum Beispiel das, was heute mit dem Tunnelgräber passiert ist. Eine schwierige Situation. Viele Entscheidungen zu treffen."

„Ja, das ist doch wohl klar", kommentierte Mister Incredible.

„Nein, ist es eben nicht", sagte Winston wirkungsvoll und kam näher heran. „Weil es niemand gesehen hat." Die Helden blickten einander an. „Wenn Sie die Bösewichte bekämpfen – so wie heute – dann sehen die Leute nicht, *wie* Sie kämpfen und was überhaupt dazu geführt hat. *Was* sie aber sehen, ist das, was die Politiker sie sehen lassen *wollen*: die Zerstörung, die sie dann mit Ihnen in Verbindung bringen." Winston machte eine kleine Pause, bevor er weitersprach. „Und wissen Sie, was die Menschen nicht sehen? Das hier …"

In einem Fernsehbericht sprach eine Frau in die Kamera: „Mein Wagen kippte zur Seite, aber plötzlich spürte ich diesen Arm, der sich um mich wickelte und mich aus dem Fenster zog. Ich war gerettet!" Und dankbar fügte sie hinzu: „Elastigirl hat mich gerettet!"

„Das ist meine Frau, yeah!“, freute sich Mister Incredible.
Das Video blieb auf dem Bild der geretteten Frau stehen. Winston sprach zu den Helden: „Wenn wir die Wahrnehmung der Menschen verändern wollen, dann müssen wir sie die Welt aus *Ihrer* Perspektive sehen lassen.“
„Und wie können wir das schaffen?“, fragte Elastigirl.
Evelyn ließ einen kleinen Film über das soeben geführte Gespräch ablaufen, in dem man Winston sagen hörte: „…dann müssen wir sie die Welt aus *Ihrer* Perspektive sehen lassen.“
Darauf stellte Elastigirl ihre Frage: „Und wie können wir das schaffen?“
Evelyn drückte noch einmal auf die Fernbedienung, woraufhin eine Liveschaltung auf dem Bildschirm erschien, die alle drei Helden in Nahaufnahme ins Bild holte. Sofort sahen sie auf die Namensschilder auf ihren Anzügen.
„Eingebaute Kameras“, sagte Evelyn. Sie erklärte

ihnen ihren Plan, winzige Kameras in den Stoff ihrer Superanzüge einnähen zu lassen.

Elastigirl war beeindruckt. „Das ist ja unglaublich!“, sagte sie und sah sich das Schild genauer an. Dann sah sie wieder auf den Bildschirm, über den kristallklare Bilder liefen. „Erstaunlich, wie ein so kleines Ding so tolle Bilder machen kann.“

Evelyn bedankte sich für das Kompliment. „Hab ich selbst gebastelt.“

„Ist das nicht fantastisch?“, sagte Mister Incredible, den die Sache immer mehr begeisterte. „Die Öffentlichkeit muss lernen, mit unseren Augen zu sehen.“

„Genau. Und was wir jetzt noch brauchen, sind die Besten der Besten. Und das sind Sie drei!“, freute sich Winston.

„Aber unsere Familie ist gerade mit dem Gesetz in Konflikt geraten“, wandte Elastigirl ein und brachte damit alle wieder in die Wirklichkeit zurück. „Ich kann nicht riskieren, dass das noch einmal geschieht.“

„Ich kann das gut verstehen, *aber*: Wollen Sie Ihre Kinder verändern, damit sie in eine kleinere Welt passen, oder lieber die Welt für Ihre Kinder größer machen?“, fragte Winston. „Wir verfügen über große Mittel, Interessenvertreter, globale Verbindungen und, was vielleicht am wichtigsten ist, eine gute Versicherung.“

„Versicherungen sind das A und O“, sagte Mister Incredible.

Winston hatte die Sache als sehr wichtig eingestuft. „Sie müssen einfach nur super sein, und damit ziehen wir die Menschen auf unsere Seite. Und wir hören erst auf, wenn Sie wieder legal arbeiten dürfen.“

„Mann, das hört sich fantastisch an!“, schwärmte Mister Incredible. „Wir sind alle dabei, oder? Was ist mein erster Auftrag?“

„Ich schätze Ihren Enthusiasmus sehr“, erwiderte Winston. „Behalten Sie das bitte bei. Doch für den Anfang, glaube ich, ist Elastigirl unsere beste Karte.“

Mister Incredible fühlte sich, als hätte ihm gerade jemand in die Magengrube geboxt. „Besser als … ich?“, brachte er schließlich hervor. Elastigirl räusperte sich und sah ihren Ehemann strafend an. Da stammelte er: „Ich meine, sie ist *gut*. Sie ist, äh, wirklich, äh, toll, wie sie … aber, äh, Sie wissen schon …“

Winston lächelte Mister Incredible zu. „Bei allem Respekt, lassen Sie uns das Wohlwollen der Versicherung nicht gleich in der ersten Runde überstrapazieren, okay?“, sagte er freundlich, um ihn nicht zu beleidigen.

Frozone biss sich auf die Lippen, um nicht laut loszuprusten.

„Hey, was wollen Sie damit sagen? Dass ich nicht sauber arbeite?“, protestierte Mister Incredible laustark.

Winston überreichte ihm einen Ordner. Mister Incredible blätterte verwirrt darin, während Winston ihm erklärte, dass Evelyn eine Kosten-Nutzen-Rechnung der letzten fünf Jahre ihrer Verbre-

chensbekämpfung erstellt hatte. „Die Zahlen sprechen eindeutig für Elastigirl."
Mister Incredible trat zögerlich von einem Bein aufs andere. „Aber das ist doch kein fairer Vergleich. Handfeste Probleme brauchen handfeste Lösungen."
Winston lächelte. „Selbstverständlich werden wir miteinander Probleme aller Art lösen, aber erst nachdem wir mit Elastigirl einen perfekten Start hingelegt haben."
Evelyn wandte sich an Elastigirl. „Also, was sagen Sie dazu?"
Alle Augen richteten sich auf Elastigirl. Wie würde ihre Antwort ausfallen?
„Was ich dazu sage?" Zögernd sah sie zu Mister Incredible. Dann musste sie kichern und sagte: „Ich weiß nicht so recht."

5

Am selben Abend saß Bob mit gerunzelter Stirn aufrecht im Bett, während sich Helen im Bad die Zähne putzte. Schließlich hielt er es nicht mehr länger aus und platzte mit der Frage heraus, die ihn schon die ganze Zeit beschäftigte: „Was soll das heißen, *du weißt nicht so recht*? Noch vor ein paar Stunden sagtest du, dass alles vorbei sei und ein Held zu sein reine Illusion! Und jetzt macht man dir das Angebot deines Lebens und *du weißt nicht recht*?"

„Es ist nicht so einfach, Bob", erwiderte Helen aus dem Badezimmer. „Ich möchte unsere Kinder schützen."

„Das will ich doch auch!", rief er zurück.

„...vor dem Knast, Bob!“, antwortete Helen.
„Und wie willst du das anstellen?“, fragte er.
„Indem du die Chance nicht nutzt, ein Gesetz zu ändern. Ein Gesetz, das sie zwingt, zu verleugnen, wer sie sind?“
Helen kam ins Schlafzimmer. Es ärgerte sie, dass Bob sich weigerte, ihren Standpunkt zu verstehen.
„Sie wissen doch noch nicht mal genau, wer sie sind, Bob. Sie sind immer noch Kinder!“
„Kinder mit übermenschlichen Kräften! Also sind sie auch Helden, egal, ob sie ihre Kräfte nutzen wollen oder nicht!“, beharrte Bob auf seiner Meinung. „Es wäre gut für sie!“
„Es ist ein schlechter Zeitpunkt, um von ihnen getrennt zu sein. Flash hat Probleme mit den Hausaufgaben, und Vi ist aufgeregt wegen ihrer ersten Verabredung mit diesem – Tony. Und Jack-Jack . . .“ Sie sprach nicht mehr weiter.
Bob sah sie an. „Und Jack-Jack?“, ermutigte er sie. „Was ist mit ihm?“
„Nichts, gar nichts ist mit ihm“, sagte sie schließ-

lich. „Aber auch ein normales Baby braucht sehr viel Aufmerksamkeit. Ich bin einfach nicht sicher, ob ich jetzt gehen kann."

„Natürlich kannst du. Damit ich – damit wir alle wieder Helden sein können! Und damit unsere Kinder einmal die Wahl haben!" , erwiderte Bob.

„Das sagst du nur, damit *du* die Wahl hast", neckte ihn Helen.

„Okay, ich geb's zu", sagte Bob. „Damit *ich* die Wahl habe. Und *ich* wäre der *Allerbeste* für den Job, ganz egal, was Winstons Zahlen sagen. Aber die wollen nun mal dich." Er holte tief Luft, sah Helen in die Augen und sagte die Worte, die ihm so unglaublich schwerfielen: „Und du wirst das ganz toll machen! Genauso toll wie ... ich."

Helen erkannte in seinem Gesichtsausdruck und an seiner Stimme, wie elend er sich fühlte.

„Ich will ehrlich zu dir sein: Natürlich ist es schön, gebraucht zu werden. Nach der langen Zeit endlich wieder ernst genommen zu werden.

Das schmeichelt mir. Aber …“ Sie seufzte und verwarf den Gedanken gleich wieder.

„Aber was sind deine Alternativen?“, fragte Bob, für den die Sache völlig klar war. „Entweder du machst den Job, machst ihn gut, verdienst gutes Geld, holst uns aus diesem Motel und verbesserst die Lage für alle Helden, einschließlich unserer Kinder. Oder ich muss innerhalb von zwei Wochen einen Job finden, damit wir nicht auf der Straße leben müssen.“

Selbst Helen war bewusst, dass das, was er sagte, Sinn ergab. Dennoch war sie unsicher. „Dir ist schon klar, wie verrückt das ist? Um meiner Familie zu helfen, muss ich sie verlassen und um das Gesetz zu verbessern, muss ich es erst brechen.“

„Du wirst das spitzenmäßig machen!“, meinte Bob.

„Ich weiß“, sagte Helen. „Aber was ist mit dir? Immerhin haben wir drei Kinder.“

„Ich kümmere mich um die Kinder, kein Problem!

Das schaffe ich mit links!“, meinte Bob zuversichtlich.
Helen musste grinsen. „Mit links, hm?“, sagte sie und nahm seine Hand. „Du bist wirklich bewundernswert. Na schön, aber wenn es irgendein Problem gibt, komme ich sofort zurück und …“
„Das wird nicht nötig sein“, unterbrach sie Bob. „Ich schaff das schon. Du ziehst das durch und machst den Job.“ Er rollte sich auf seine Seite um zu schlafen. „Du machst den Job“, sagte er und grinste dabei, „damit ich ihn dann noch besser machen kann.“

6

Wenige Tage später saß die ganze Familie Parr in einer Limousine und ließ sich über sanfte grüne Hügel zu ihrem neuen Haus fahren. Helen unterhielt sich am Telefon mit Winston.

„Wir sind jetzt Geschäftspartner“, sagte er. „Da kann ich nicht zulassen, dass ihr in einem Motel wohnt.“

Gerade in diesem Augenblick tauchte oben auf einem Hügel eine moderne, riesengroße Villa auf. Flash blieb bei dem Anblick der Mund offen stehen.

Sie sprangen aus der Limousine und liefen zur Eingangstür. Als sie sich öffnete, standen alle Familienmitglieder eine Zeit lang wie versteinert da. Mit seinen hohen Decken, den riesigen Felsblöcken, Springbrunnen und Wasserfällen sah das Haus aus wie der Luxus-Unterschlupf eines berühmten Geheimagenten.

„*Das* … ist unser neues Haus?“ Flash war völlig hinüber.

„Das ist Winston Deavors Haus, wir sind hier nur zu Gast“, sagte Helen, während sie einen Rundgang machten und sich umsahen.

„*Wahnsinnig* gemütlich hier …“, bemerkte Violetta sarkastisch.

Neugierig zischte Flash davon, um alles genau zu erkunden.

„Der Garten ist *riesig*!“, hörte man ihn von draußen hereinbrüllen.

„Und es gibt einen Pool!“ Man hörte ein lautes Platschen, als Flash eine Bombe ins Wasser machte.

„Was *macht* Mom eigentlich in ihrem neuen Job?“, fragte Violetta.

Flash kam wieder hereingesaust, triefend nass,

aber mit einem breiten Grinsen im Gesicht. Wie ein Hund nach dem Baden schüttelte er sich trocken. Dann entdeckte er, dass an der Wand eine Fernbedienung hing. Er schnappte sie sich und begann, wahllos irgendwelche Knöpfe zu drücken. Plötzlich drang von unten ein tiefes Grollen empor und der Boden begann sich zu teilen. Die beiden Hälften trennten sich wie Puzzlestücke, unter denen noch mehr Brunnen und versteckte Bäche verborgen waren.

„Abgefahren!", rief er.

Auf einmal kippte ein großes Sofa langsam in einen der Bäche. Panisch hämmerte Flash auf den Knopf ein und der Boden versuchte sich wieder zu schließen. Allerdings wurde das Sofa in dem Spalt eingeklemmt und zerquetscht. Bob und Helen schimpften, also drückte Flash noch schnell ein paar andere Knöpfe. Doch der Boden schnappte dauernd nur auf und zu. Schließlich gab Flash auf, warf die Fernbedienung hin und machte sich aus dem Staub.

Etwas später am selben Tag hielt Bob Jack-Jack im Arm, als Elastigirl in dem neuen Superanzug, den die Deavor-Geschwister ihr geschickt hatten, aus dem Badezimmer trat. Der Stoff glänzte wie silberne Schuppen.

„Hat Edna den entworfen?“, fragte Bob.

„Nein, irgendein Typ namens Alexander Galbaki“, antwortete Helen.

Bob musste lachen, als er sich vorstellte, wie Edna reagieren würde, wenn sie Helen im Anzug eines anderen Designers sah. Dann übergab er ihr eine Karte, die mit dem Superanzug gekommen war. In schöner Handschrift stand darauf geschrieben:

LIEBE ELASTIGIRL, DA STEHT EINE KLEINE ÜBERRASCHUNG FÜR DICH IN DER GARAGE. – EVELYN

Neugierig betraten Elastigirl und Bob die Garage, wo sie ein nagelneues Hightech-Motorrad mit rotem Lack vorfanden. Es war eigens für Elastigirl gebaut worden, bestand aus zwei dehnbaren Teilen und verfügte über Raketenantrieb.

„Ein neues Elastibike …“, sagte Helen begeistert.
„Ich wusste gar nicht, dass du Motorrad fährst“, sagte Bob überrascht.
„Hey, ich hatte eine Mohawk“, erzählte sie. „Und es gibt viele Dinge, die du nicht über mich weißt.“
Elastigirl setzte sich darauf, betätigte den Drehgriff und das Motorrad sprang kraftvoll schnurrend an. Auf der Instrumententafel leuchtete eine Nachricht auf: *Ich hoffe, es gefällt dir!* – E. D.
Elastigirl gab ein wenig Gas, der Motor heulte laut auf und das Motorrad drehte sich plötzlich im Kreis.
„*Ou! Ou, ou!*“, erschrak sie. „Ich werd den Dreh schon rauskriegen.“
„Du wirst das toll machen“, bestärkte Bob sie.
„Das werde ich, und du auch“, sagte Helen.
„Wir werden beide supertoll sein“, sagte Bob und lächelte seiner Frau aufmunternd zu.

Am nächsten Morgen bereitete Bob das Frühstück für die Kinder zu. Jack-Jack saß in seinem Hochstuhl und schaufelte Frühstücksflocken in seinen Mund, wobei die Hälfte davon auf dem Boden landete. Flash wollte sich seine Schale eben mit klebrig süßen Sugar Bombs, Zuckerbomben, füllen, als ihm Bob die Schachtel aus der Hand nahm. „Keine Sugar Bombs, wenn ich im Dienst bin." Flash protestierte leise, als Bob die Zuckerbomben durch gesunde Vollkornflocken ersetzte. Flash zuckte die Schultern, lud sich einen Löffel mit den langweiligen Flocken auf und erkundigte sich, wo seine Mutter gerade sei.

„Auf und davon", antwortete Bob. „Sie ist schon bei der neuen Arbeit und vollbringt Heldentaten."

„Aber ich dachte, Helden sind immer noch verboten?", wunderte sich Violetta.

„Sind sie auch", erwiderte Bob. „Noch."

„Also wird Mom dafür bezahlt, das Gesetz zu brechen?", fragte Vi.

„Sie tritt für die Rechte der Helden ein", sagte Bob, bemüht, dass es gut klang. „Es ist eine ganz neue Aufgabe."

„Mom ist also da draußen verbotenerweise unterwegs, um zu zeigen, warum sie nicht verboten sein sollte?“, fasste Violetta zusammen.
Um abzulenken, sah Bob aus dem Fenster und rief plötzlich erleichtert: „Kinder, der Bus ist da!“
Flash aß im Highspeed-Tempo sein Frühstück auf, füllte eine zweite Schale mit Zuckerbomben, schlang sie hinunter und schnappte sich seinen Rucksack. Violetta ging schon voraus.
Erleichtert hob Bob den kleinen Jack-Jack aus dem Hochstuhl und knuddelte ihn. „Ooh, du und ich, wir werden es gaanz fein haben, ja, weil du Papa nicht so schwierige Fragen stellst.“
Jack-Jack lachte und gurrte zufrieden.

7

Am Abend machte sich Violetta für ihre Verabredung mit Tony fertig. Bob brachte währenddessen Jack-Jack ins Bett.

Dann ließ er sich auf das Sofa fallen, um ein wenig fernzusehen. Aber als er es sich eben gemütlich gemacht hatte, tauchte Flash mit seinem Mathebuch in der Hand auf. Bob seufzte, stemmte sich vom Sofa hoch, schleppte sich in die Küche und setzte sich zu Flash an den Tisch.

Bob blinzelte erstaunt, als er die Aufgaben durchlas. Die Textbeispiele brachten ihn ordentlich ins Schwitzen. Er kritzelte ein paar mathematische Gleichungen auf ein Schmierpapier.

„Äh, Dad, das ist nicht ganz richtig, wie du das machst.“ Flash zeigte auf den Lösungsweg im Buch.
„Ich kann es aber nur so“, schnauzte Bob. „Warum machen die auf einmal alles anders? Man kann Mathe nicht einfach so verändern! Mathe bleibt Mathe!“
„Äh, ist schon okay, Dad“, beruhigte ihn Flash. „Ich warte einfach, bis Mom wieder da ist.“
„Was?“ Jetzt war Bob wirklich beleidigt. „Sie wird es auch nicht besser können als ich …“
Plötzlich wummerte im Wohnzimmer der Fernseher los. Bob ging hinüber und musste erstaunt feststellen, dass Jack-Jack auf dem Sofa saß und mit der Fernbedienung durch die Kanäle zappte.
Bob trug Jack-Jack wieder nach oben und las ihm noch eine Gutenachtgeschichte vor. Dabei rutschte er tiefer und tiefer in den gemütlichen Sessel, sein Kopf wurde schwer und er nickte ein. Doch Jack-Jack patschte ihm mit der Hand immer

wieder ins Gesicht, damit er aufwachte und die Geschichte weiterlas.

Währenddessen hielt sich Elastigirl in einer Stadt namens New Urbem auf. Von ihrem Motorrad aus beobachtete sie, wie sich eine große Menschenmenge im Stadtzentrum versammelte und darauf wartete, dass ein neuer Zug eingeweiht wurde. Der Bürgermeister trat auf ein Podium und hielt stolz seine Rede.
Die Deavor-Geschwister saßen unweit davon in einem Schneideraum und verfolgten auf ihren Monitoren die Live-Übertragung der Bilder von Elastigirls Anzugkamera. Über ein Headset waren sie mit Elastigirl verbunden.
Um Verbrechern auf die Spur zu kommen, hatten Winston und Evelyn vorgeschlagen, dass Elastigirl den Polizeifunk mithören solle. Der Empfänger war an ihrem Motorrad installiert.
Der Bürgermeister war immer noch mit seiner Rede beschäftigt. „Und ich bin stolz, Ihnen ver-

künden zu können, dass wir heute unseren fantastischen neuen Luftkissenzug sogar früher als geplant in Betrieb nehmen. Dieser Zug bringt Sie mit sagenhafter Geschwindigkeit an jedes Ihrer Ziele. Die Zukunft des Reisens hat begonnen!"
Der Bürgermeister schnitt mit einer Riesenschere das Band durch und die Menschenmenge jubelte. Eine Live-Band spielte schwungvolle Musik und die Kameras blitzten, während die Türen der neuen Bahn aufglitten und die Passagiere hineinströmten. Dann erhob sich der Zug in Fahrposition und schwebte mithilfe eines Luftpolsters über den Schienen. Schließlich setzte er sich in Bewegung und verließ langsam das Bahnhofsgebäude. Doch plötzlich blieb er stehen und fiel mit einem lauten Knall wieder auf die Schienen hinab.
Ein Raunen war zu hören, als der Zug sich ein zweites Mal über die Schienen erhob. Ein zögerlicher Applaus hallte durch den Bahnhof, als der Zug wieder anfuhr ... doch diesmal rückwärts!

Als der Zug immer schneller wurde, schlug die Aufregung der Menschen in pures Entsetzen um.

„Er fährt in die falsche Richtung!“, rief Elastigirl. Sie startete ihr Elastibike und versuchte, den Zug einzuholen. Dabei dehnte sich ihr elastisches Motorrad mit jeder ihrer Bewegungen mit.

„Diese Bahn ist ganz schön zackig! Schon dreihundert Sachen, und sie beschleunigt immer noch! Wie viele Kilometer Schienen sind eigentlich in dieser Richtung schon fertiggestellt worden?“, fragte Elastigirl.

„Zirka vierzig“, antwortete Evelyn.

„Und niemand kann das Ding stoppen?“, meinte Elastigirl überrascht.

„Sie haben alles versucht! Keine Chance“, berichtete ihr Evelyn besorgt.

In Elastigirls Kopf ratterte es. Sie musste einen Weg finden, den Zug zu stoppen, denn ihr war klar, dass sie praktisch keine Chance hatte, ihn einzuholen.

„Ein Anruf kommt rein. Moment, ich schalte kurz rüber", sagte Elastigirl und nahm den Anruf entgegen.
Es war Flash, der wissen wollte, wo seine Lieblingsturnschuhe waren. Im Hintergrund hörte sie Bob rufen: „Du rufst aber nicht deine Mutter an, hörst du?"
„Flash, mein Schatz", sagte Elastigirl. „Es ist gerade kein guter Zeitpunkt." Sie versprach, ihn später zurückzurufen und schaltete dann zurück zu Evelyn. „Wie viel Zeit haben wir?"
„Weniger als zwei Minuten", sagte Evelyn.
Elastigirl raste durch Tunnel und sprang über Hausdächer, um den Zug einzuholen. Und irgendwann gelang es ihr tatsächlich, direkt auf dem Dach des Zuges zu landen. Doch noch bevor sie überlegen konnte, was als Nächstes zu tun war, sah sie den Eingang eines Tunnels auf sich zukommen. Blitzschnell sprang sie vom Motorrad und warf sich flach auf das Zugdach. Elastigirl krallte sich fest, während der Zug durch den Tunnel fuhr.

Als sie wieder draußen waren, kletterte sie ans hintere Ende des Zuges und sah, wie der Lokführer starr geradeausblickte. Er zeigte keine Regung und blinzelte nicht einmal, als sie auf die Windschutzscheibe hämmerte, um auf sich aufmerksam zu machen.
Kurz bevor die Schienen zu Ende waren, dehnte sich Elastigirl zu einem Fallschirm aus und bremste dadurch die Fahrt des Zuges. Er krachte noch durch die Baustellenabsperrung und kam erst zum Stillstand, als ein Teil des Zuges bereits über dem Ende der Schienen baumelte.
Nachdem sie die Tür zum Fahrerhaus eingetreten hatte, traf sie auf den blinzelnden Lokführer, der den Anschein machte, als sei er eben erst wieder zu Bewusstsein gekommen.
„Ich hoffe für dich, dass du eine gute Geschichte auf Lager hast“, meinte Elastigirl, als sie ihm auf die Beine half. Dann gab sie ihm eine Ohrfeige, um ihn aufzuwecken.
„Uh, wo bin ich?“, fragte der Lokführer verwirrt.

Auf dem großen Bildschirm am Steuerpult des Zuges prangte eine Nachricht: *Willkommen zurück, Elastigirl.* – Der Screenslaver

Dann wurde der Bildschirm schwarz.

8

Bob kam es vor, als hätte er Jack-Jack nun schon zum hundertsten Mal in sein Bettchen gelegt. Im sanften Schein des Nachtlichts sah das Baby so süß und friedlich aus. Bob zögerte einen Augenblick, dann drehte er einen Tisch um, legte ihn über das Bettchen und stapelte zur Sicherheit noch ein paar Bücher obendrauf, damit Jack-Jack nicht mehr herausklettern konnte.
Auf dem Weg zum Sofa bemerkte er, dass Violetta mit hängendem Kopf dasaß. Sie war nicht zu ihrer Verabredung gegangen.
„Schatz, warum bist du …“, begann er.
„Sag einfach *gar* nichts, okay?“, schnitt Violetta ihm das Wort ab.

Schweigend sah Bob zu, wie seine Tochter in ihr Zimmer trottete.
Etwas später klopfte er an ihre Tür und fragte: „Alles okay bei dir?"
„Ich will nicht darüber sprechen."
„Tony hat überhaupt nicht angerufen?", fragte Bob vorsichtig nach.
„Dad! Wenn du mir helfen willst, dann lass mich jetzt in Ruhe. Bitte!" Ihre Stimme zitterte.
Bob ging zurück ins Wohnzimmer und war baff: Dort saß Jack-Jack – schon wieder! – auf dem Sofa, hielt die Fernbedienung in der Hand und surfte durch die Kanäle.
Bob gab sich geschlagen. Er ließ Jack-Jack neben sich sitzen und war recht bald eingeschlafen. Das Baby hingegen nuckelte an seiner Flasche und sah sich einen alten Gangsterfilm an. Während Bob so vor sich hin schnarchte, verfolgte Jack-Jack aufmerksam jedes Detail des Films. Ein maskierter Dieb hielt einem Ladenbesitzer die Waffe unter die Nase, während er die Kasse ausräumte.

Draußen vor der gläsernen Schiebetür, die in den Garten führte, wühlte sich ein Waschbär durch die Mülltonne. Jack-Jack bemerkte ihn und sah die Ähnlichkeit mit dem maskierten Dieb aus dem Fernsehen, der in der Kasse wühlte. Wieder wanderte sein Blick zu dem Waschbären. Jack-Jack machte eine finstere Miene. Der Waschbär witterte Jack-Jack und fauchte ihn an. Dabei konnte man sehen, was für spitze Zähne das Tier hatte. Jack-Jack brabbelte verärgert zurück.
Der Waschbär wandte sich wieder einem halb abgegessenen Hühnerknochen zu, den er im Müll gefunden hatte. Da erhob sich Jack-Jack, tapste zur Tür und drückte die Handflächen an die Glasscheibe … und konnte plötzlich hindurchgehen! Auf seinen kurzen Beinchen baute er sich vor dem Waschbären auf, nahm ihm den Knochen weg und warf ihn wieder in die Tonne zurück. *Klong!* Nur mit der Kraft seiner Gedanken brachte er den Deckel dazu, sich in die Luft zu erheben und zurück auf die Tonne zu fliegen.

Jack-Jack rang mit dem Waschbären, versetzte ihm Faustschläge und trat ihn. Dabei entdeckte er verschiedene Superkräfte. Er lachte, als aus seinen Augen plötzlich Laserstrahlen schossen. In dem Versuch, vor dem Laser zu flüchten, sprang der Waschbär in das Gestänge eines aufgespannten Sonnenschirms und klammerte sich fest. Dabei schnappte der Schirm zu und hielt das Tier gefangen. Jack-Jack richtete seinen Laserstrahl auf den Schirm und schnitt ihn damit kurzerhand entzwei! Da purzelte der Waschbär heraus und prallte gegen Jack-Jack.

Wumm! Bob wurde von einem lauten Geräusch auf der Terrasse geweckt. Er sah, wie Jack-Jack und der Waschbär draußen miteinander rauften und rannte hinaus, um dem Kampf ein Ende zu setzen. Als er nach Jack-Jack griff, kam schon wieder eine Superkraft zum Vorschein: Das Baby konnte sich in viele Babys teilen! Plötzlich lief ein halbes Dutzend Jack-Jacks im Garten herum!

„Oh nein! *Oooh* nein!“, schrie Bob in Panik, als

er versuchte, die Babys wieder einzufangen. Dann durchfuhr alle Babys ein Zittern und sie verschmolzen plötzlich wieder zu einem Jack-Jack. Der Waschbär stockte, dann machte er sich aus dem Staub. Jack-Jack kicherte und streckte triumphierend das Fäustchen in die Luft.

„Du … hast … *Superkräfte*! Yeah, Baby!“, jubelte Bob. „Und du hast nicht *einen* Kratzer abbekommen!“ Dann sah er zur Schiebetür und erinnerte sich, dass er sie aufgemacht hatte, bevor er zu Jack-Jack auf die Terrasse gelangen konnte. „Bist du etwa durch die geschlossene Tür gegangen?“, fragte er und lachte auf. „Du kannst dich unendlich vervielfachen und durch … alle … festen … Wände … Oh du lieber Himmel!“ Langsam dämmerte ihm, was das für ihn bedeutete, und zu welchen Katastrophen das führen konnte. Doch noch bevor er vollends in Panik geraten konnte, klingelte das Telefon.

Es war Helen, die aus ihrem Hotelzimmer anrief. Bob versuchte, sich nicht anmerken zu lassen, wie

schockiert und verwirrt er war. Jack-Jack brabbelte ins Telefon, also setzte Bob ihn auf dem Boden ab.
„Klingt, als hätte ich euch geweckt“, sagte Helen.
„Nein, nein, es ist nur wegen … Jack-Jack“, stotterte Bob.
„Oh Gott, es ist ihm etwas passiert!“, fiel ihm Helen ins Wort. „Ich wusste es. Ich komme sofort nach Hause! Ich hätte niemals …“
„Jetzt beruhige dich. Es ist nichts passiert. Bleib wo du bist und führe deine Mission zu Ende“, sagte Bob. „Und was soll das überhaupt heißen, ‚ich hätte niemals …‘?“
„Tut mir leid“, erwiderte Helen. „Ich hab das nicht so gemeint.“ Dann holte sie tief Luft. „Brauchst du mich zu Hause?“
„Nein, nein“, sagte Bob. „Ich mach das schon. Alles ist *wunderbar*.“
Violetta kam, immer noch leise schluchzend, ins Zimmer getrottet.
Helen fragte, wie die Verabredung gelaufen sei.

„Ööh …“ Bob zögerte seine Antwort hinaus, während Vi mit hängendem Kopf geradewegs auf den Kühlschrank zusteuerte, einen Behälter mit Eiscreme aus dem Gefrierschrank holte und mit einem großen Löffel bewaffnet wieder die Treppe hochschlurfte. Sie weinte immer noch. „Gut. Alles bestens gelaufen …“, sagte Bob eilig.
„Und Jack-Jack ist gleich eingeschlafen?“, wollte Helen wissen.
Bob drehte sich zu Jack-Jack um, der an der Glasscheibe stand und den Waschbären anstarrte. Das Tier war nämlich zurückgekommen und fauchte Jack-Jack angriffslustig an. „Ja, sofort. Ganz problemlos!“, sagte er und legte die Hand auf den Hörer.
„Und Flash? Hat er seine Hausaufgaben hinbekommen?“, fragte Helen.
Bob sah hinüber zum Küchentisch, wo Flash über seinem Mathebuch eingeschlafen war. „Alles erledigt“, log Bob.
„Dann ist also nicht in dem Moment, als ich das

Haus verlassen habe, alles im Chaos versunken?“, schloss Helen.

„So unglaublich es dir auch erscheinen mag, es war alles sogar ziemlich ereignislos. Wie war’s bei dir?“, versuchte Bob abzulenken.

„Ich habe einen außer Kontrolle geratenen Zug gestoppt!“, platzte Helen begeistert heraus. „Es war so *unglaublich*!“

Sie erzählte Bob jedes Detail ihrer Rettungsaktion. Er nahm die Fernbedienung zur Hand, schaltete den Fernseher an und zappte durch die Programme. Stirnrunzelnd sah er, wie verschiedene Nachrichtensprecher über Elastigirls große Rettungsaktion berichteten. Die Geschichte war einfach überall.

„Und da steh ich nun auf diesem Zug voller Passagiere, der rückwärts mit 300, 400 Sachen unkontrolliert dahinrast … Und dann ziehe ich das Ding in den Bahnhof!“, sprudelte sie aufgeregt hervor. „Einfach so, niemand verletzt!“ Sie stieß einen Jubelschrei aus.

„Ich bin so stolz auf dich." Bob war wirklich sehr stolz auf sie, konnte jedoch nicht leugnen, dass er auch mächtig neidisch war.
„Nein, *ich* bin stolz auf *dich*", sagte Helen. „Ich könnte das nicht schaffen, wenn du nicht alles so perfekt meistern würdest."
Sie wünschten sich eine gute Nacht und Bob legte auf. Er betrachtete Flash, der auf der Tischplatte schlief und Jack-Jack, der an die Schiebetür gelehnt eingeschlafen war. Vorsichtig hob er beide hoch und trug sie hinauf ins Bett. Dann legte sich auch Bob schlafen.
Doch obwohl er so müde war, warf er sich von einer Seite zur anderen.
„Ist schon okay, Dad", wiederholte er Flashs Worte. *„Ich warte einfach, bis Mom wieder da ist."* – als wäre sie die Einzige, die ihm helfen könne! Er war auch gut in Mathe. Er sah auf die Uhr. Es war erst kurz nach zwei. *„Auf Mom warten, tss.* Bin ich hier etwa nur die Aushilfskraft?"

Kurz darauf schenkte er sich in der Küche eine Tasse Kaffee ein und ließ sich mit Flashs Mathebuch am Esstisch nieder.
Flash schlief noch tief und fest, als Bob ihn einige Stunden später sanft weckte. „Ich glaube, ich habe deine Matheaufgabe verstanden“, flüsterte er. Flash zerrte sich die Bettdecke über den Kopf. „Wir haben vor deinem Test immer noch Zeit, alles durchzugehen.“
Wenig später saß Bob, wieder mit einer großen Tasse Kaffee, am Küchentisch und ging mit Flash Punkt für Punkt die Matheaufgaben durch.
„Na, hast du’s verstanden?“, fragte Bob am Ende. Flash nickte strahlend und Bob freute sich mit ihm.

9

Während Bob seine Kinder an diesem Morgen für die Schule fertig machte, waren Elastigirl und die Deavor-Geschwister unterwegs ins Fernsehstudio von KQRY-TV, wo die Heldin dem Nachrichtensprecher Chad Brentley ein Interview geben sollte. Gemeinsam saßen sie im Aufenthaltsraum und lauschten einem Interview, das der Moderator eben mit einer ausländischen Botschafterin führte, als schon eine Assistentin erschien.

„Ms. Elastigirl? Wir wären so weit", sagte er.

Unterwegs zum Set begegnete ihr die Botschafterin, begleitet von einem Team von Sicherheitsleuten.

Sofort brach die Botschafterin aus den Reihen

ihrer Bodyguards aus und eilte zu Elastigirl, um ihr die Hand zu schütteln.
„Sie sind also Elastigirl!“ Sie war ehrlich erfreut, die Heldin zu treffen. „Es war so traurig, als Sie untertauchen mussten, und es freut mich umso mehr, dass Sie jetzt wieder da sind!“
„Es bedeutet mir besonders viel, das von Ihnen zu hören“, antwortete Elastigirl. „Alles Gute für Ihre Rede! Stiften Sie … dauerhaften Frieden!“
Wenige Augenblicke später saß Elastigirl neben Chad vor der Kamera.
„Über fünfzehn Jahre verbrachten die Helden im Untergrund, verbannt, weil die Gesellschaft nicht länger bereit war, sie zu unterstützen. Das könnte sich nun bald ändern, denn der Ruf, die Helden zurückzuholen, wird immer lauter. Mein nächster Gast ist frisch vom Schauplatz ihrer eigenen Heldentat hierhergekommen, bei der sie einen außer Kontrolle geratenen Zug rettete. Ich begrüße die im neuen Look erstrahlende Elastigirl! Herzlich willkommen!“

„Hallo, Chad!“, sagte Elastigirl, für die diese Situation noch ganz ungewohnt war.
„Alle Umfragewerte stehen auf Ihrer Seite“, sagte Chad.
„Das stimmt. Es läuft gerade recht gut …“, meinte Elastigirl kurz.
Plötzlich wurden seine Augen starr und seine Stimme war völlig verändert, als er Elastigirl unterbrach und mit einer Roboterstimme sagte:
„Hal-lo. Könnt ihr mich hören?“
Elastigirl sah ihn sich genau an und bemerkte, dass in seinen Augen ein seltsam blinkendes Licht aufleuchtete.
„Natürlich hört ihr mich. Ich befinde mich immerhin auf eurem Bildschirm und lese das, was ich euch sage, von einem anderen Bildschirm ab.“
Elastigirl folgte seinem Blick zum Teleprompter, auf dem ebenfalls hypnotisierendes Licht über den Bildschirm flimmerte. Sie spürte, wie sie in den Bann des Lichts gezogen wurde, doch wandte sich

noch rechtzeitig ab, um nicht auch davon hypnotisiert zu werden.
„Bildschirme sind überall“, sprach Chad weiter. „Wir werden von Bildschirmen kontrolliert.“
Elastigirl rannte in den Kontrollraum des Studios und sah, dass alle Mitarbeiter darin völlig starr dasaßen, gefesselt von dem blinkenden Licht, das auf jedem einzelnen Bildschirm aufleuchtete.
Da tauchte das Bild des Screenslavers auf den Monitoren auf. Er trug eine große, runde Brille über einer weiten Kapuze, die sein Gesicht verdeckte. „Und ich kontrolliere die Bildschirme. Ich bin der Screenslaver! Ich habe die Kontrolle über diese Sendung, und auch über diesen strohdummen Nachrichtensprecher, den Sie hier vor sich sehen“, sprach es aus Chads Mund.
Evelyn kam angelaufen. „Das Übertragungssignal ist von außen übernommen worden! Ich seh mir das mal an!“
Elastigirl hingegen lief zurück ans Set und ver-

passte Chad eine Ohrfeige, um ihn aus seiner Trance zu befreien.
„Ich könnte doch den Flugkonvoi der Botschafterin entführen, während sie noch in der Luft ist, was meinst du, Elastigirl?“, fragte Chads Roboterstimme.
Elastigirl verließ im Laufschritt das Set und rannte hinaus in den Flur. Am Ende eines weiteren Korridors entdeckte sie ein Fenster. Sie packte einen Stuhl, schleuderte ihn gegen die Scheibe und zerschmetterte das Glas. Dann dehnte sie sich und schoss durch das Fenster ins Freie.
Sie schraubte sich in die Höhe, indem sie sich an den Häusern entlang bis aufs Dach eines Wolkenkratzers schwang. Sie suchte den Himmel ab und entdeckte in weiter Ferne die Helikopter der Botschafterin. Dann spannte sie sich zwischen zwei Häuser, indem sie sich auf jeder Seite festklammerte, zog sich selbst so weit es ging nach hinten und wurde zu einer riesigen Schleuder! Sie zielte auf einen der Helikopter, ließ los und flog

hinaus in den Himmel. Ihre Geschwindigkeit war so hoch, dass sie ungebremst durch die Scheibe des Helikopters krachte und im Innenraum zum Stillstand kam. Doch die Botschafterin war nicht an Bord.

Elastigirl eilte ins Cockpit, wo der Pilot sie anfuhr: „Hier ist der Zutritt verboten!"

„Ich weiß!", brüllte Elastigirl zurück. „Aber jemand bedroht ihren Konvoi!"

Sie erklärte dem Piloten, dass die Botschafterin in Gefahr sei und wollte wissen, in welchem Helikopter sie sich befand.

Der Pilot näherte sich einem anderen Helikopter, sodass Elastigirl hinausspringen und durch das Fenster schlüpfen konnte. Dabei entkam sie im letzten Moment einer Kugel, die hinter ihr vorbeizischte. Ein Leibwächter, der neben der völlig verängstigten Botschafterin stand, feuerte auf sie.

„Waffe runter!", befahl die Botschafterin. „Es ist Elastigirl!"

Der Leibwächter gehorchte und Elastigirl konnte die Fahrgastkabine betreten. Sie wandte sich an die Botschafterin: „Bleiben Sie an Ihrem Platz, Madam!“

Dann versuchte sie, die Cockpittür zu öffnen, doch sie war verriegelt. Sie schnappte sich mit ihrem elastischen Arm die Waffe des Leibwächters und schoss das Schloss auf. Im Inneren des Cockpits saßen zwei hypnotisierte Piloten, die wie versteinert vor ihren Steuerungen saßen. Schnell zertrümmerte Elastigirl die Bildschirme, um die Trance zu lösen. Die beiden Piloten sahen völlig verdattert drein, als sie aufwachten, aber für Erklärungen war keine Zeit. Elastigirl sah, dass ein dritter Helikopter geradewegs auf sie zuhielt.

„Alle runter!“, schrie sie.

Der Helikopter rammte sie mit voller Wucht, sodass sie auf ein Gebäude zuschlingerten. Elastigirl griff nach dem Steuer und zog sie nach oben. Im allerletzten Moment sausten sie an dem Gebäude vorbei.

„Öffnen Sie die Tür!“, rief sie, während sie verzweifelt versuchte, den Helikopter unter Kontrolle zu bringen.
„Tun Sie, was sie sagt!“, wies die Botschafterin die Mannschaft an.
Die Seitentür wurde aufgemacht.
Elastigirl brüllte den Piloten zu: „Können Sie schwimmen?“
Beide nickten. Also streckte Elastigirl ein Bein aus und kickte die beiden aus dem Helikopter, hinein in den Fluss unter ihnen. Dann kümmerte sie sich um die Botschafterin. „Für den Fallschirm haben wir nicht genug Höhe! Wir müssen uns hinaufschleudern! Halten Sie sich fest! Und vertrauen Sie mir!“
„Ich vertraue Ihnen!“, rief die Botschafterin.
Elastigirl hielt die Botschafterin fest, streckte sich nach hinten und schoss sich und ihren Schützling hinauf in den Himmel. Als sie hoch genug waren, dehnte Elastigirl sich flach aus und wurde zu einem riesigen Fallschirm. Sanft schaukelten sie zu Boden.

„Sind Sie okay, Madam?“, fragte Elastigirl besorgt.
„Mir geht's gut“, sagte die Botschafterin noch. Dann fiel sie in Elastigirls Armen in Ohnmacht.

10

Am Morgen nach Elastigirls spektakulärer Rettungsaktion machten sich Flash und Jack-Jack über ihr Frühstück her. Bob füllte auch einen Teller für Violetta, die gerade die Treppe herunterkam.

„Jungs sind Schwachköpfe, und ich hasse Superkräfte!“, sagte sie und ließ sich in ihren Stuhl fallen.

„Dir auch einen guten Morgen“, sagte Bob und reichte ihr einen Teller Waffeln.

„Er sieht mich *eine* Sekunde in diesem Anzug und schon tut er so, als würde er mich nicht mehr kennen“, beklagte sich Violetta.

„Er will sich selbst nicht in Gefahr bringen“,

sagte Bob, während er ihr den Orangensaft einschenkte. „Sollte er dich wirklich gesehen haben, ist es besser, wenn er es vergessen hat.“ Er ging zurück zum Eisschrank, um den Saft wieder hineinzustellen. „Ich kann dir gar nicht sagen, wie viele Erinnerungen Dicker im Laufe der Jahre auslöschen musste.“ Er schlug den Kühlschrank zu und erschrak, als Violetta plötzlich hinter ihm stand.

„Du hast ihm von Tony erzählt!“, sagte sie kochend vor Wut.

„*Du* hast dafür gesorgt, dass ich aus Tonys Gehirn gelöscht werde!“

Violetta stapfte wutentbrannt davon. Jack-Jack sah ihr nach, sah Bob an und stülpte sich lachend die Müslischale über den Kopf. Bob sammelte gerade die Flocken vom Boden auf, als Violetta zurückkam, ihren Superanzug in Händen.

„Ich *hasse* es, eine Heldin zu sein, und ich will es nicht mehr!“, verkündete sie lautstark. Dann marschierte sie zur Spüle und stopfte den Anzug

in den Müllzerkleinerer. Der Anzug wurde eingesaugt und im Kreis gewirbelt, doch er blieb völlig unbeschadet. Bob und Flash mussten mit ansehen, wie Violetta schließlich einen frustrierten Schrei von sich gab und davonstapfte.
Flash sah zu seinem Vater hinüber: „Hat die etwa Pubertät oder so was?"
Bob seufzte bestätigend und ließ stöhnend den Kopf hängen.

Unterdessen befand sich Elastigirl auf dem Rücksitz einer Limousine. Als der Wagen zur Firma DevTech einbog, hörte man draußen eine Menschenmenge im Chor etwas rufen.
Elastigirl erkundigte sich beim Fahrer, was denn da los sei.
„Die Menschen demonstrieren", erwiderte er.
„Aber wofür?", fragte sie.
„Na für Sie!", rief der Fahrer aus.
Elastigirl stieg aus dem Wagen und begeisterter Jubel brach los.

„Danke, dass Sie alle gekommen sind!“, sagte sie.
Sie hockte sich hin, um einem kleinen Mädchen die Hand zu schütteln, da sah sie, dass die Kleine ein Schild hochhielt. Darauf stand: DER SCREENSLAVER IST IMMER NOCH DA DRAUSSEN. Mit einem Mal verflog all die Freude über diese Welle der Bewunderung. Denn es stimmte: Elastigirl musste immer noch einen Bösewicht unschädlich machen.
Sie betrat das Büro von Winston, der am Telefon jede Menge Anrufe beantwortete. Er zeigte ihr eine der Zeitungen, die auf seinem Schreibtisch verstreut lagen und tippte auf eine Schlagzeile: NACH DER RETTUNG: BOTSCHAFTERIN UNTERSTÜTZT HELDEN
„Es funktioniert!“, sagte Winston und erzählte Elastigirl, dass er Anrufe aus der ganzen Welt bekam. Danach weihte er sie in die nächste Phase seines Planes ein: „Wir organisieren ein Gipfeltreffen auf hoher See. Auf unserer Yacht! Wir bringen

Regierungen und Helden aus der ganzen Welt zusammen …"
„Jetzt quatsch doch nicht, zeig es ihr endlich!", mischte sich Evelyn ein.
Winston nickte lächelnd. Dann führte er Elastigirl in ein Zimmer voller Helden. Sie kannte keinen einzigen von ihnen, aber alle trugen Superanzüge, die zum Teil ziemlich selbst geschneidert aussahen. Als sie eintrat, jubelten sie los, applaudierten und sahen voller Respekt zu ihr auf.
Eine Frau kam auf sie zugelaufen und stellte sich schüchtern vor. „Ich … also … mein Supername ist Voyd und ich wollte Ihnen nur danken … dafür, dass … Sie wissen schon … dass Sie *Sie* sind, und … Ich … also, was ich kann, ähem, ist das …"
Sie lief ein wenig rot an und nahm eine Tasse vom Tisch. Sie warf sie in die Luft. Dann schuf sie mit ihrer Superkraft eine Reihe von Wurmlöchern, durch die die Tasse in eine andere Dimension verschwinden und am anderen Ende wieder auf-

tauchen konnte. Schließlich sprang die Tasse aus dem letzten Wurmloch heraus und landete wieder auf dem Tisch.

„Das ist ja fantastisch!“, sagte Elastigirl.

„Ich habe mich immer wie eine Aussätzige gefühlt“, erzählte Voyd. „Bis jetzt. Aber durch Sie, weil Sie *Sie* sind, fühle ich mich, wie …“ Vor Aufregung gelang es ihr nicht, den Satz zu Ende zu sprechen, also fiel sie Elastigirl stattdessen um den Hals. „Also ich fühle mich … wie *ich*!“, schloss sie.

Elastigirl war total gerührt.

„Ich habe Helden von überall her einfliegen lassen“, sagte Winston. „Sie haben alle im Verborgenen gelebt. Jeder und jede von ihnen hat Superkräfte, eine Geheimidentität und einen Heldennamen, den er oder sie sich selbst ausgesucht hat.“

Die Helden konnten es kaum erwarten, Elastigirl persönlich kennenzulernen und ihr ihre Geschichte zu erzählen.

„Ich bin Screech", sagte einer, der wie eine Eule aussah.
„Und ich heiße Brick", sagte ein Berg von einer Superfrau, die sehr ernst dreinschaute.
Der nächste Held hieß Helectrix und stellte bescheiden seine Kräfte vor: „Ach, Sie wissen schon, Sachen herumzappen, Sachen elektrisieren, Blitze und so'n Kram …"
Da kam ein älterer Mann herbeigeschlurft. „Reflux mein Name. Alterserscheinung oder Superkraft … das ist Ansichtssache …" Er lachte.
Als die Party zu Ende ging, saßen Elastigirl und Evelyn noch bei einem Drink zusammen.
Sie plauderten ein Weilchen, als Elastigirl plötzlich eine Idee kam, wie man den Screenslaver schnappen konnte. „Ich muss mich auf seine Frequenz einloggen und ihre Herkunft zurückverfolgen!"
Elastigirl und Evelyn erarbeiteten alle Einzelheiten ihres Plans: Evelyn sollte ein Peilgerät bauen. Sobald es fertig war, wollten sie ein Ferninterview ansetzen, bei dem Elastigirl über Funk mit Chad

Brentley verbunden war, und so den Screenslaver in die Falle locken.

Die beiden Frauen machten einen Faustcheck, der Plan war besiegelt.

11

Zu Hause war Bob damit beschäftigt, noch einige Umzugskartons auszupacken, als er das Telefon zur Hand nahm und eine Nummer wählte. Rick Dicker nahm ab. Bob fragte ihn, ob er sich noch daran erinnern könne, wie er Tonys Erinnerung ausgelöscht habe.

„Sicher“, antwortete Dicker. „Netter Kerl.“

„Also, wie soll ich sagen, du hast dabei auch die Erinnerung ausgelöscht, dass er sich Freitagabend mit meiner Tochter treffen wollte. Im Grunde hast du meine Tochter für ihn völlig ausgelöscht“, erzählte Bob.

„Hoppla. Aber es ist eben keine exakte Wissenschaft“, meinte Dicker.

„Rick, du musst mir helfen“, beharrte Bob. „Violetta hasst mich. Und dich. Und die ganze Heldennummer. Ich muss das irgendwie in Ordnung bringen. Was weißt du noch über Tony?“
Dicker war mittlerweile in sein Aktenarchiv gegangen und kramte sich durch die Papiere. Dann zog er Tonys Akte hervor und überflog sie. „Nicht viel. Anscheinend ein guter Junge: beliebt, sportlich, mag Musik. Die Eltern betreiben das Lokal ‚Zum lustigen Teller‘. Der Junge arbeitet manchmal da.“
„‚Lustiger ... Teller‘ ...?“, wiederholte Bob und heckte bereits einen Plan aus. Er dankte Dicker für seine Hilfe und legte auf. Dann wandte er sich wieder den Umzugskartons zu.
Noch am selben Abend packte Bob seine Kinder ein und fuhr mit ihnen zum Abendessen in den „Lustigen Teller“. Es war ein einfaches Lokal mit holzgetäfelten Wänden.
Violetta sah sich ein wenig verwundert um. „Warum sind wir durch die halbe Stadt gefahren, um dann ausgerechnet *hier* zu essen?“, fragte sie.

Bob ignorierte ihre Frage und wandte sich an die Dame am Empfang: „Wir hätten gerne einen Tisch dort drüben, in der Nähe der großen Pflanze."
Die Dame nickte unbeteiligt, schnappte sich eine Handvoll Speisekarten und führte sie an den Tisch.
Während sie ihr nachfolgten, meinte Violetta: „Also dieser Teller sieht mir ganz und gar nicht lustig aus. Eher ... gelangweilt."
„Haha, ‚Der *gelangweilte* Teller'!", lachte Flash.
Ihr Tischkellner kam mit einem Krug Wasser und begann, die roten Plastikbecher damit zu füllen.
Violetta nahm eben einen Schluck, als sie den Kellner „Guten Abend" sagen hörte. Sie sah hoch und verschluckte sich vor Schreck so heftig, dass ihr das Wasser in alle Richtungen aus der Nase spritzte: Der Kellner war Tony Rydinger!
„Mein lieber Himmel, Violetta, alles okay?", fragte Bob.
„Oh Mann!", rief Flash.

„Ist alles in Ordnung mit ihr?“, fragte Tony.
Er reichte ihr ein paar Servietten und versuchte, die peinliche Situation zu überspielen, indem er sagte: „Ach, das macht doch nichts, das passiert hier andauernd.“
„Ich bin okay. Alles ... gut“, sagte Violetta, die sich nur noch wünschte, sich unsichtbar machen zu dürfen und zu verschwinden.
Bob bat den Kellner um mehr Servietten.
„Oder vielleicht lieber was Größeres“, ätzte Flash, „ein Badetuch zum Beispiel.“
Tony zog noch einen Stapel Servietten aus seiner Tasche und half Bob dabei, das Wasser aufzuwischen. Violetta zog den Kopf zwischen die Schultern und ließ sich das Haar über das Gesicht fallen, um nicht gesehen zu werden, während sie weiterhustete.
„Das ist übrigens meine Tochter“, sagte Bob. „Eigentlich müsstet ihr euch doch kennen?“
„Gott. Bitte hör auf“, flüsterte Violetta ihrem Vater drohend zu.

„Oh, hallo …“, grüßte Tony.
„Violetta“, ergänzte Bob.
„Hallo, Violetta“, sagte Tony.
„Hey, Vi, sag doch auch mal was …“, forderte Bob seine Tochter auf.
„Übertreib's nicht Dad, okay?“, zischte Vi durch die Zähne.
„Ich bin Flash, ihr kleiner Bruder.“ Flash beugte sich über den Tisch und schüttelte Tony die Hand.
Violetta, die das peinliche Theater keine Sekunde länger ertragen konnte, entschuldigte sich, stand auf und ging.
Tony lächelte Bob, Flash und Jack-Jack zu. „Es war nett, Sie alle kennenzulernen.“ Dann drehte er ihnen den Rücken zu und verließ den Tisch.
„Wo ist sie nur hingegangen?“, wunderte sich Bob.
„An einen Ort, an dem sie in Ruhe wütend sein kann, nehme ich an“, sagte Flash.

12

Im Fernsehstudio von KQRY begann Chad Brentley das große Ferninterview mit Elastigirl. „Geht es Ihnen besser, Chad?“, fragte Elastigirl, deren Stimme aus einem Lautsprecher kam. „Alles gut, danke, ich habe mich vom Arzt durchchecken lassen“, antwortete Chad. „Ich kann mich an *gar nichts* erinnern. Ich sage Ihnen, es ist ganz schön gruselig, wenn man eine Aufnahme von sich selbst ansieht, vom Abend zuvor, und man absolut keine Erinnerung mehr daran hat.“ Chad informierte die Zuschauer, dass sein Studio Vorkehrungsmaßnahmen getroffen habe, damit der Screenslaver nicht noch einmal zuschlagen könne. Dann widmete er sich wieder dem Inter-

view und fragte Elastigirl, wo sie sich denn im Moment aufhielte.
„Bei einem Einsatz“, sagte sie. „An einem sicheren, geheimen Ort.“ Was Chad jedoch nicht wusste, war, dass Elastigirl direkt über ihm auf einem Übertragungsmast auf dem Dach des Studios saß. Sie verfolgte die Nachrichtensendung auf ihrem Smartphone.
Chad spielte einen Video-Ausschnitt ein, der von ihrer Anzugkamera während der Rettung der Luftkissenbahn gemacht worden war. So konnten die Zuschauer aus ihrer Perspektive sehen, wie sie in Aktion trat, auf ihr Elastibike sprang und hinter dem Zug herbrauste. Doch plötzlich blieb das Nachrichtenbild stehen und der Screenslaver kam ins Bild!
„Der Screenslaver unterbricht diese Sendung für eine wichtige Mitteilung“, sagte er. Seine Stimme klang tief und elektronisch verzerrt.
Elastigirl beobachtete das Display ihres Peilgeräts, das bereits nach dem Ursprung des Übertragungs-

signals suchte. Sobald es die Frequenz gefunden hatte, blickte Elastigirl in die Richtung der Signalquelle und flüsterte: „Jetzt hab ich dich!"
Unterdessen sahen die Deavor-Geschwister bei DevTech gespannt auf den Fernseher.
„Dann wollen wir mal sehen, ob dein Apparat funktioniert", meinte Winston.
Elastigirl folgte der Anzeige auf dem Peilgerät zum Aufenthaltsort des Screenslavers. Dabei schwang sie sich über die Hochhausdächer von einem Gebäude zum nächsten.
„Sie müssen sich den Rest nicht mehr ansehen", sagte der Screenslaver, der immer noch auf Sendung war. „Elastigirl wird diesmal nicht gewinnen, sie verschiebt nur ihre Niederlage auf später!" Er zeterte weiter, dass die Menschen nur deshalb in Bildschirme glotzten, weil sie faul seien. Und dass sie sich von den Helden helfen lassen wollen, damit sie sich nicht selbst um sich kümmern müssten. „Macht schon, hetzt die Helden auf mich, um mich zu stoppen. Schnappt euch eine Tüte Chips

und starrt auf eure Bildschirme. Ihr werdet schon sehen, was passiert! Ihr habt die Kontrolle verloren, denn ich habe sie übernommen."

Elastigirl katapultierte sich wie eine lebendige Schleuder vom höchsten Punkt eines Gebäudes in eine finstere Ecke der Stadt. Sie folgte ihrem Peilgerät zu einem Wohnhaus und sah hinauf zu einem Fenster, das mit dicken, schmiedeeisernen Gittern versehen war.

Elastigirl machte sich dünn und schlüpfte zwischen den Gitterstäben hindurch. So gelangte sie ins Gebäude. Sie huschte einen Korridor entlang, bis zu der Wohnung, aus der das Signal des Screenslavers kam.

Sie schob ihren Arm unter der Tür hindurch und öffnete leise das Schloss. In der Wohnung sah es aus wie in einem unaufgeräumten Labor, überall lagen Geräte, Mikroskope und Masken herum. Elastigirl sah sich alles genau an: Baupläne für den Luftkissenzug, Skizzen von Helikoptern, wissenschaftliche Fachbücher und abgegriffene

Notizbücher. Erst dann entdeckte sie ein Stück Stoff, das über einen Gegenstand auf dem Tisch gebreitet war. Als sie das Tuch hochhob, befand sich darunter ein Puppenkopf, der eine Hypnosebrille trug.

„Etwas Interessantes gefunden?“, erkundigte sich jemand.

Hinter ihr war der Screenslaver aufgetaucht und hielt einen Elektroschocker in der Hand. Er schlug die Tür zu, sperrte sie beide in einem großen Drahtkäfig ein und traf Elastigirl mit dem Elektroschocker. Dann schnippte er Hypnoselichter an, die überall an der Käfigwand angebracht waren. Die grellen Lichter blinkten und drehten sich in einem hypnotisierenden Muster. Elastigirl versuchte, ihre Augen davor zu schützen, doch da schockte er sie noch einmal. Elastigirl aber gab nicht auf und schließlich gelang es ihr, den Mann aus dem Käfig zu boxen.

Kämpfend polterten sie durch die Wohnung, krachten gegen Bücherregale und Möbel, bis der

Screenslaver schließlich durch die Tür entkam. Auf dem Weg nach draußen aktivierte er noch schnell eine Zeitschaltuhr.
Elastigirl verfolgte ihn und sah, wie er unterwegs einen Feueralarmknopf drückte. Sofort ertönte eine jaulende Sirene, die Deckensprinkler gingen an und die Menschen rannten aus ihren Wohnungen. Die Verfolgungsjagd wurde zum reinsten Hindernislauf. Beinahe hätte Elastigirl den Screenslaver gefasst, da sprang er einen Aufzugschacht hinunter und landete auf einem Dach. Dann stürzte er sich einfach hinunter! Doch Elastigirl war ihm dicht auf den Fersen. Sie dehnte sich zu einem Fallschirm, erwischte den Screenslaver mitten im Fall und schaukelte mit ihm zu Boden. Währenddessen lief die Zeitschaltuhr ab: Das Wohnhaus hinter ihnen explodierte. Als sie gelandet waren, riss ihm Elastigirl die Maske vom Gesicht.
„Elastigirl?“, wunderte er sich. „Was … Was ist passiert?“

„Was passiert ist? Sie haben meine Beweise vernichtet“, sagte sie verärgert und sah auf das eingestürzte Gebäude.

Kurz darauf führte die Polizei den Screenslaver in Handschellen ab. „Hey, was ist hier überhaupt los?“, beschwerte sich der Verhaftete. Er klang völlig verwirrt.

13

Im Haus der Familie Parr saß Bob mit Jack-Jack vor dem Fernseher und sah völlig kaputt aus. Plötzlich stürmte Flash herein.

„Hey, Dad!“, rief er und hielt sein Mathebuch in die Höhe. „Wir machen gerade Brüche und Dezibelzahlen und Prozentrechnungen und ich versteh das alles nicht.“

Bob rieb sich die müden Augen. „Dezimalzahlen“, korrigierte er.

Im Fernsehen kam ein Nachrichtenüberblick, der seine Aufmerksamkeit auf sich zog: „Die Helden sind zurück in den Schlagzeilen und damit auch ihre Ausrüstung. Die Automobilsammlung des Milliardärs Victor Cachet ist heute noch *super*lati-

ver geworden, nämlich durch das Auto, an dessen Steuer einst Mister Incredible saß!"
„Die haben gesagt, es ist ein Totalschaden!", sagte Bob empört.
„*Den* hast du früher gefahren?" Flash staunte beim Anblick des blank polierten Incredimobils.
„Die haben gesagt, er ist hinüber!", zischte Bob.
„Das berühmte Auto galt lange als verschollen oder zerstört, doch kürzlich tauchte es bei einer Auktion wieder auf", erzählte der Reporter.
„Das ist *mein* Auto!", brüllte Bob und ließ seiner Wut freien Lauf. Dann stampfte er wütend aus dem Zimmer.
Er kam mit der Fernbedienung zu seinem Incredimobil zurück, als der Reporter fragte: „Dieses Auto steckt ja voller unglaublicher Funktionen. Möchten Sie uns eine kleine Kostprobe davon geben?"
Der Milliardär lächelte. „Das würde ich liebend gern, aber wir konnten noch nicht herausfinden, wie der Wagen funktioniert!"

Bob drückte auf die Fernbedienung und das Auto erwachte lautstark zum Leben. Sowohl der Reporter als auch Victor Cachet drehten sich erstaunt zu dem Wagen um.
„*Wow*!“, rief Flash. „Das funktioniert echt?“
Flash schnappte seinem Vater die Fernbedienung weg und drückte auf einen Knopf. Im Fernsehen sah man, wie die Menschen aus dem Weg sprangen, weil aus dem Kühlergrill des Wagens ein zweifacher Raketenwerfer ausklappte.
„Was machst du denn da?“, rief Bob und holte sich die Fernbedienung zurück. Er drückte einen anderen Knopf und ließ die Raketen wieder einfahren. „Das ist kein Spielzeug“, schimpfte er.
„Megacool!“, sagte Flash und fischte sich die Fernbedienung zurück. „Mit welchem schießt man die Raketen ab?“
Bob holte sich die Fernbedienung wieder.
„Schieß sie ab, schieß sie ab!“, rief Flash immer wieder.
„Ich werde hier gar nichts abschießen“, sagte Bob.

Grummelnd betätigte Bob erneut die Fernbedienung und sorgte dafür, dass das Incredimobil verstummte.
„Du wirst dem stinkreichen Kerl also nicht das Haus wegpusten?“, fragte Flash nach.
Bob ließ sich neben Jack-Jack aufs Sofa fallen.
Hatschi! Jack-Jack musste niesen und flog plötzlich quer durch den Raum und dann die Treppe hinauf. Aus seiner Nase und seinem Mund schoss Rauch. Körperlos wie ein Geist verschwand er durch die Wand und ließ nur einen schwach glühenden Feuerkreis zurück.
„*Ahhhh!*“, drang gleich darauf ein Schrei aus Violettas Zimmer.
Jack-Jack nieste schon wieder. Als Nächstes sah man, wie Violetta vor Jack-Jack davonlief, weil er sich in ein kleines, rotes Monster verwandelt hatte.
„Was zum Kuckuck soll das bedeuten?“, kreischte Violetta.
Jack-Jack zeigte lachend seine Krallen. Dann

verwandelte er sich wieder in seine normale Babygestalt zurück.

„Jack-Jack hat ... Superkräfte?“, fragte Flash komplett verdattert. „Nun ja ... *Ja* ... aber ...“, stammelte Bob.

„Du hast das gewusst?“, fragte Violetta. Sie konnte nicht glauben, dass ihr Vater ihnen nichts davon gesagt hatte.

Bob setzte Jack-Jack in seinen Laufstall und stellte sich den Fragen seiner Kinder. „Ja. Also, ich weiß nicht ... nein. Eure Mutter weiß ... also, ich wollte nicht, dass ... weil es eben nicht der richtige Zeitpunkt ... weil ... *aargh*!“

„Warum willst du Mom nichts sagen?“, beharrte Violetta, die völlig schockiert war.

„Warum? Weil ich noch am Überlegen bin, okay?“, brüllte Bob. Er war plötzlich so laut geworden, dass die Kinder einen Satz nach hinten machten. „Ich muss die Information erst verarbeiten! Ich mache Mathe, bringe die Sache mit der vermurksten Verabredung in Ordnung und sehe zu, dass das Baby sich nicht in ein brennendes Monster verwandelt! Und wie mache ich das? Indem ich an meinen Aufgaben wachse! Weil ich Mister Incredible bin, und nicht Mister Irgendwie oder irgendein Mister Durchschnittsmann! Mister Incredible!“

Violetta und Flash warteten einen Moment schweigend ab, um sicherzugehen, dass das Donnerwetter vorüber war. Dann sahen sie einander an und Violetta sagte: „Wir sollten Lucius anrufen.“

„*Nein*“, sagte Bob. „Ich kann das! Ich werde niemals ... *aaah*!“

Bob erschrak. Jack-Jack hatte Schluckauf bekommen und war in Flammen aufgegangen. Dann musste der Kleine niesen, verwandelte sich in einen rauchenden Feuerball und zischte senkrecht durchs Dach hinaus!

Bob stieß einen gellenden Schrei aus und rannte nach draußen in den Garten. Er sah in den Himmel und versuchte, sich unter Jack-Jack zu stellen.

Dann hechtete er ihm entgegen, fing ihn auf und gemeinsam platschten sie in den Pool.
„Ich geh Lucius anrufen“, verkündete Violetta.

14

Es dauerte nicht lange und Lucius war da. Er und Bob standen beisammen und schauten zu, wie Jack-Jack im Wohnzimmer mit seinem Teddy spielte.

„Also ich finde, er sieht ganz normal aus“, sagte Lucius. „Wann hat das Ganze begonnen?“

„Als Helen ihren neuen Job anfing“, antwortete Bob.

„Ich nehme an, sie weiß davon?“, fragte Lucius.

„Machst du Witze? Ich kann ihr davon nichts erzählen. Nicht, während sie als Heldin arbeitet!“

Jack-Jack tapste hinüber zum Fernseher und rief: „Mama! Mama!“

Auch Bob sah Elastigirl auf dem Bildschirm. Er

wechselte auf einen anderen Sender, während Lucius weitersprach: „Wann hast du eigentlich das letzte Mal geschlafen?“

„Wer weiß das schon so genau“, lallte Bob und wirkte dabei total verdreht. „Außerdem, er ist nur ein Baby, ich werde schon mit ihm fertig.“

In diesem Augenblick verschwand Jack-Jack.

Bob eilte in die Küche und schnappte sich die Keksdose. „Will Cha-cha ein Keksi? Yam-Yam Keksi? Yam-Yam für Cha-cha?“

Wie aus dem Nichts war Jack-Jack auf einmal wieder da. Er verschlang den Keks und wollte mehr.

„Wo-ho, okay!“, stieß Lucius hervor, „er kann dich also immer noch hören, dort ...?“

„In der anderen Dimension – ja“, erwiderte Bob kraftlos.

„Das ist total freakig. Ich meine, das ist nichts im Vergleich zu ...“

„Zu den anderen Kindern? Nein. Volle Ladung Superkräfte. Null Kontrolle“, murmelte Bob.

Jack-Jack reckte sich nach der Keksdose und brabbelte: „Yam-Yam? Yam-Yam?“
„Und jetzt? Was will er?“, wollte Lucius wissen.
Bob sah Lucius mit einem irren Blick an. „Ich kann ihm ja nicht pausenlos Kekse geben! Aber wenn ich sie ihm nicht gebe …“ Zu Demonstrationszwecken schloss Bob die Keksdose.
Jack-Jack wurde zornig. „Yam-Yam!“, forderte er bestimmt.
Dann machte es auf einmal *plop!* und Jack-Jack verwandelte sich in das rote Monster, krallte sich an Bobs Arm und fing an, ihn zu beißen.
„Total *abgefahren*!“, rief Lucius in Panik aus.
„Nein, Jack-Jack!“, mahnte Bob. „Nicht Papa beißen, nicht beißen!“

Etwas später hatten sich Bob und Lucius erschöpft auf das Sofa geworfen.
„Ich glaube, ich brauche einfach nur ein bisschen Zeit für mich“, sagte Bob mit brüchiger Stimme. „Dann bin ich wieder ganz der Alte.“

„Du brauchst schon etwas mehr als ein bisschen Zeit für dich, Bob", widersprach Lucius. „Du brauchst eine Generalüberholung deines Lebens und zwar auf mehreren Ebenen. Angefangen mit diesem superfreakigen Baby. Was du brauchst, sind ein paar gute, frische Ideen!"

Bob dachte über das nach, was Lucius ihm geraten hatte und verließ ein wenig später mit Jack-Jack das Haus. Kurz darauf hielt sein Wagen an einem kunstvoll verzierten Tor. Auf dem Monitor der Überwachungskamera tauchten Edna Modes Augen auf.

„Galbaki?", kreischte Edna. Ihr Gesicht füllte nun das ganze Bild. „Elastigirls Superanzug ist von Galbaki! Ich fordere eine Erklärung!"

Bob starrte nur in die Kamera. Er war zu erschöpft, um zu antworten.

„Oh Gott, dein Zustand ist ja schlimmer als ich dachte", sagte Edna und kniff missbilligend die Augen zusammen.

„Es ist das Baby“, brachte Bob mit Mühe hervor. „Ich hab das Baby mitgebracht.“

Er lehnte sich nach hinten, sodass man Jack-Jack, der laute, kreischende Geräusche von sich gab, in seiner Babyschale sitzen sehen konnte.

„Höchst ungewöhnlich“, kommentierte Edna.

Das Lasertor öffnete sich und Bob fuhr hindurch.

Nur Minuten später trug Bob Jack-Jack auf dem Arm und ging neben Edna her in die Empfangshalle.

„Du siehst erbärmlich aus, Bob“, meinte Edna, während sie ihn weiter in ihr gigantisch großes Wohnzimmer führte.

„Ich habe nicht geschlafen … ich habe meiner Tochter das Herz gebrochen … und die ändern dauernd Mathe …“, faselte er. „Wir haben keine kleinen Batterien mehr, aber ich habe die noch kleineren gekauft und jetzt sind immer noch keine richtigen da … Und ich hab ein rotes Ding mit der weißen Wäsche in die Trommel getan, und jetzt ist alles rosa. Und ich glaube, wir haben keine Eier mehr."

Edna schüttelte den Kopf. „Wenn man es richtig macht, ist Kinderbetreuung ein heldenhafter Job. Wenn man es *richtig* macht …", wiederholte sie. „Ich kann von Glück sagen, dass dieser Kelch an mir vorübergegangen ist. Doch du bist nicht hier, weil du Eier und Batterien brauchst, nicht wahr, Bob?"

Er ließ sich in einen Sessel fallen und setzte Jack-Jack auf den Boden. „Eigentlich geht es um Jack-Jack."

Das Baby tapste auf Edna zu.

„Du möchtest auch einen Anzug für das Baby bestellen?", fragte sie und wich zurück. „Das würde ich keineswegs als Notfall einstufen."

„Na ja, er ist ein ganz besonderer Fall", meinte Bob. „Sehr interessant zu beobachten. Wenn ich ihn dir nur ein Weilchen hierlassen könnte …"

„*Hier*lassen?", empörte sich Edna. Sie blickte irritiert zu Boden, wo Jack-Jack sich eben einen

Zipfel ihres Umhangs geschnappt hatte und ihn sich in den Mund steckte. Sofort zog sie den Stoff wieder zurück. „Ich bin nicht gemacht für Babys. Und ich bin auch nicht vorbereitet! Ich bin Künstlerin, mit banalen Alltagsdingen beschäftige ich mich nicht."

Jack-Jack sah Edna mit einem durchdringenden Blick an. Plötzlich blähte er die Nase, sodass sie genauso aussah wie Ednas. Stück für Stück verwandelte sich das Baby in Edna, traf jedes Detail, sogar die kurzen schwarzen Haare. Edna blieben die Worte im Hals stecken, so sehr fesselte sie Jack-Jacks langsame Verwandlung.

Da musste Jack-Jack auf einmal niesen und schoss wie eine Rakete auf die hohe Zimmerdecke zu. Als er wieder in Richtung Boden stürzte, warf sich Edna unter ihn, um ihn aufzufangen. Wieder nieste er und hielt inne, mitten in der Luft, wo er sich wieder in seine Babygestalt zurückverwandelte. Dann schwebte er oberhalb von Ednas ausgestreckten Armen und kicherte.

„Oh mein Gott … da kommt mir eine Idee …“, rief Edna.

Edna trug Jack-Jack auf einem Arm, während sie mit dem anderen Bob zur Tür hinauskomplimentierte. „Natürlich kannst du das Baby über Nacht hierlassen“, sagte sie. „Du musst doch todmüde sein, jetzt, wo du für Helen einspringen musst, und deine anderen Kinder vermissen dich bestimmt und brauchen dich. Geh zu ihnen. Tante Edna kümmert sich hier um alles.“ Sie knuddelte Jack-Jack und begleitete Bob ungeduldig hinaus. „Fahr vorsichtig, und schön, dass du da warst!“

Bob stand noch auf dem Türabsatz und war ein wenig erstaunt. „Tante Edna?“, murmelte er vor sich hin.

Kurz darauf wunderte sich auch Violetta, als Bob ohne das Baby nach Hause kam. „Wo ist Jack-Jack?“, fragte sie.

„E kümmert sich ein Weilchen um ihn“, antwortete er.

„Edna spielt den *Babysitter*?“, fragte sie ungläubig.
„Yep“, meinte Bob nur.
„Und du findest das in Ordnung?“, fragte Vi entgeistert.
Bob hatte noch nie so müde ausgesehen, aber er grinste glücklich, als er auf das Sofa zusteuerte und sich hineinfallen ließ.
„Oh ja“, sagte er tief seufzend. „Ich weiß gar nichts mehr, aber das ist … ja!“ Er atmete einmal tief durch. „Ich wollte dir noch etwas sagen“, meinte Bob und starrte gegen die Wand. „Es tut mir leid wegen Tony. Ich habe nicht bedacht, dass Dicker seine Erinnerung auslöschen würde, und dass du dann für etwas bezahlen musst, wofür du gar nichts kannst. Ich weiß, das ist nicht fair. Und dann im Restaurant hab ich alles nur noch schlimmer gemacht. Ich wollte versuchen …“ Bob hörte auf zu sprechen, als er merkte, dass er nur noch dahinfaselte. Er seufzte. „Jedenfalls tut's mir leid. Ich habe früher immer gewusst, was richtig und

was falsch ist, aber im Moment bin ich mir da nicht mehr so sicher. Ich will einfach nur ein guter Dad sein."

Violetta lächelte, ging hin und drückte ihren Vater. „Du bist kein guter Dad, du bist ein Super-Dad!"

Bob fing an zu schnarchen, und Violetta merkte, dass er felsenfest schlief, obwohl er immer noch aufrecht dasaß.

15

Das Penthouse war festlich geschmückt und die Party war in vollem Gange. Eine Band spielte, und sowohl Helden als auch Nicht-Helden amüsierten sich beim Plaudern, Essen und Trinken. Auf gigantischen Videoleinwänden liefen in Dauerschleife die Zeitraffer-Aufnahmen von Elastigirls Anzugkamera, die zeigten, wie die Heldin den Screenslaver gefangen hatte. Trauben von Menschen umringten Elastigirl, um den Erfolg mit ihr zu feiern.

Winston Deavor bat um die Aufmerksamkeit seiner Gäste und erhob sein Glas: „Ich möchte allen hier Anwesenden danken, dass sie heute gekommen sind, um ihre Unterstützung für die

Superhelden zu demonstrieren und mitzuhelfen, sie wieder zu einem Teil unserer Gesellschaft zu machen." Das Publikum applaudierte. „Sie alle haben zu diesem Erfolg beigetragen. In den vergangenen Tagen ist sonnenklar geworden, dass wir sie brauchen, als dieser selbst ernannte Screenslaver unseren Frieden bedrohte. Aber seine Herrschaft war von kurzer Dauer!" Er hielt die Maske und die Kapuze des Screenslavers hoch, und das Publikum grölte zustimmend. „Und alles verdanken wir dieser Frau ... dieser wunderbaren Heldin, die wir alle so lieben und vermisst haben ... Willkommen zurück, Elastigirl! Komm doch zu mir rauf – keine falsche Bescheidenheit!" Die Menge applaudierte, als Elastigirl zurückhaltend auf das Mikrophon zutrat. Winston umarmte sie und überreichte ihr die Kopfbedeckung des Screenslavers.

„Das ist für dich, als kleines Andenken", sagte er leise.

„Danke, Winston, und danke auch an alle Leute

hier bei DevTech“, sagte Elastigirl. „Ich stehe tief in eurer Schuld. Und danke Ihnen allen. Sie haben mit Ihrer Hartnäckigkeit dafür gesorgt, dass die richtigen Menschen umdenken.“

Sie gab Winston das Mikro zurück, der noch eine Ankündigung zu machen hatte. „In diesem Augenblick findet ein internationales Gipfeltreffen der hundert wichtigsten Nationen der Welt statt, auf dem beschlossen wurde, das Heldenverbot aufzuheben!“ Begeisterte Jubelrufe brandeten auf. „Auf unserem Schiff werden wir Superhelden und Staatschefs aus aller Welt auf hoher See versammeln und vor den Augen der Fernsehkameras das Abkommen offiziell und feierlich unterzeichnen!“

Die Band begann wieder zu spielen und alle Gäste genossen die Feier. Während eine ganze Gruppe Helden auf Elastigirl zustürmte, blieb ihr Blick auf den Videowänden mit den wiederkehrenden Bildern des Screenslavers hängen. Sie studierte sein Gesicht und spürte instinktiv, dass hier irgendetwas nicht stimmte.

Später am selben Abend, als die Party sich dem Ende zuneigte, stahl sich Elastigirl davon und betrat den Schneideraum. Sie begann, das ungeschnittene Filmmaterial durchzusehen, das ihre Anzugkamera gemacht hatte.

Da betrat Evelyn mit zwei Drinks in den Händen den Raum. „Auf die Aufhebung des Heldenverbots!“, rief sie und reichte Elastigirl ein Glas.

„Ich bin jedenfalls nicht im Dienst“, sagte Elastigirl. „Das Kostüm hat nichts zu bedeuten.“

Sie lächelte und stieß mit Evelyn an.

„Ich musste mal raus aus dem ewigen Lächeln und vielen Händeschütteln“, sagte Elastigirl entschuldigend.

„Manchmal muss man flüchten, um zu sich zurückzufinden“, sagte Evelyn. „Bei mir ist das genauso.“

„Flüchten? Wovor?“, fragte Elastigirl.

„Ach, du weißt schon. Firmensachen. Vor meinem Bruder, vor allen Dingen“, versuchte Evelyn sich zu erklären.

„Aber er ist doch dein Bruder. Ihr beide seid das Herz des Unternehmens. Yin und Yang!"
„Das schon. Ich erfinde Dinge und er kann gut mit Menschen – er stellt Menschen zufrieden, er bindet sie an sich, er gibt ihnen, was sie wollen. Ich weiß nie, was die Menschen wollen", meinte Evelyn leise.
„Was glaubst du denn, was sie wollen?", fragte Elastigirl.
„Bequemlichkeit, Leichtigkeit. Die Menschen verzichten stets auf Qualität, wenn es auch leichter geht", sagte sie.
Elastigirl dachte über ihre Worte nach und sagte: „Tja, das erinnert mich an unseren letzten Fall."
Sie erzählte Evelyn, dass hier irgendetwas nicht zusammenpasste. „Es war alles zu leicht."
„Im Ernst? *Das* war für dich zu leicht?", wunderte sich Evelyn.
Elastigirl ließ den Blick zurück auf den Bildschirm des Schneidegeräts wandern.
Da fiel ihr etwas auf. „Schau mal!", sagte sie und

zeigte auf ein Bild. „Einer der Monitore des Screenslavers zeigt das gleiche Bild wie meine Anzugkamera!“

„Was?“ Evelyn sah genauer hin, während Elastigirl das Bild vor- und zurückspulte.

„Auf die Anzugkamera hat doch von außen niemand Zugriff, oder?“, fragte Elastigirl.

„Nein“, erwiderte Evelyn.

„Wie kann es dann sein, dass der Screenslaver diese Bilder hat?“, fragte sie.

„Vielleicht hat er die Kamera gehackt?“, meinte Evelyn kurz.

„Er ist gerissen genug, in ein geschlossenes Übertragungssystem einzudringen und hat altmodische Vorhängeschlösser an der Tür?“ Elastigirl dachte angestrengt nach.

„Vielleicht wollte er, dass du ihn findest?“, schlug Evelyn vor.

„Er wollte gefasst werden?“ Elastigirl bezweifelte das.

„Er wollte, dass du gewinnst“, meinte Evelyn.

Elastigirl runzelte die Stirn. „Das hat alles keinen Sinn. Er ist ein genialer Kopf. Wenn er den Grips hat, sich solche Technologien auszudenken, dann ist er auch klug genug, sie sinnvoll einzusetzen. Aber der Typ, den wir ins Gefängnis gebracht haben, war Pizzabote!"

„Na und? Einstein war auch Patentamtsangestellter. Lass gut sein. Du hast doch gewonnen. Du hast den Kerl geschnappt..."

„*Warte* mal", sagte Elastigirl auf einmal. Die Gedanken in ihrem Kopf überschlugen sich. „Das Einzige, das der Screenslaver braucht, um jemanden zu hypnotisieren, ist ein Bildschirm vor den Augen der betreffenden Person. Was, wenn er aber gar nicht aussieht wie ein Bildschirm?" Sie hob die Maske des Bösewichts hoch und eine Brille fiel heraus. Sie hob sie auf und betrachtete sie aus nächster Nähe. „Was, wenn der Pizzamann wirklich nichts weiter als ein Pizzamann ist, der von Bildschirmen in dieser kontrolliert wurde?"

Evelyn streckte blitzschnell die Arme aus und

stülpte die Brille über Elastigirls Augen. Im nächsten Moment leuchteten die Gläser in jenem seltsamen Licht auf und versetzten Elastigirl in einen Zustand der Hypnose.

„Du bist wirklich gut“, sagte Evelyn.

16

Bob öffnete die Augen. Mit noch vernebeltem Blick schaute er sich im Wohnzimmer um. Er brauchte ein paar Sekunden, bis ihm klar wurde, dass er die ganze Nacht auf dem Sofa geschlafen hatte. Violetta hatte ihm die Schuhe ausgezogen und ihm Decke und Kissen gebracht.

„Ich dachte, ich sollte dich am besten schlafen lassen“, sagte Violetta. „Siebzehn Stunden. Fühlst du dich besser?“

Bob strahlte: „Ich fühle mich super!“

Etwas später in Ednas Villa ging Bob mit Jack-Jack und Edna ins Labor. Dabei ahmte das Baby Edna auf Schritt und Tritt nach.

„Ich kann dir gar nicht sagen, wie dankbar ich dir bin, dass du für mich auf Jack-Jack aufgepasst hast, Edna", sagte Bob.
„Ich weiß, deine Dankbarkeit kennt keine Grenzen", sagte Edna. „Aber frage mich nicht noch einmal, *Darling,* mein Honorar ist für dich viel zu hoch." Bob wusste nicht recht, was er darauf sagen sollte. „Nur ein Scherz, Bob. Es hat mir großen Spaß gemacht! Dein Sohn ist ein helles Köpfchen, und ich inspiriere ihn. Wir haben einander verdient!"
Edna fuhr fort: „Dein Sohn ist ein Gestaltwandler. Wie in jedem Baby steckt in ihm ungeheures Potenzial. Es ist bei Helden nicht ungewöhnlich, dass sie mehr als eine Superkraft besitzen, aber dieser kleine Kerl hat jede Menge davon."
Als sie an der Labortür angekommen waren, tippte Edna einen Zahlencode in die Tasten und hob den Kleinen für den Sicherheitscheck hoch. Als hätte er es schon tausendmal gemacht, legte Jack-Jack die flache Hand auf den Scanner, hielt

seine weit aufgerissenen Augen an den Augenscanner und sprach in das Mikrofon: „*Ba-ba-bow.*“

Edna grinste stolz zu Bob, als die Tür sich aufschob und sie das Labor betreten konnten. „Wie mir scheint, fehlt es dir an Schlaf *und* zusammenhängendem Denken, Bob“, sagte Edna, während sie ihm deutete, in einem Stuhl Platz zu nehmen. „Babys haben alle Möglichkeiten, und dein Sohn ist da keine Ausnahme. Er ist eine Quelle an unlimitiertem Potenzial, Bob! Er hat geschlafen, während ich wie in einem kreativen Rausch gearbeitet habe!“

Dann sagte sie zu Jack-Jack: „Nicht wahr, Tante Edna ist die ganze Nacht aufgeblieben, damit du in all deinen Gestalten hinreißend aussiehst!“ Sie setzte Jack-Jack in die Versuchskammer und verriegelte die Tür. „Dein Problem ist, dass du auf ein Baby mit zahlreichen Superkräften aufpassen musst, das keinerlei Kontrolle darüber hat. Ist es nicht so?“

„Das fasst es gut zusammen“, meinte Bob.
„Bei meiner Arbeit läuft oft Musik, und ich habe bemerkt, dass der Kleine gut darauf reagiert. Vor allem bei Mozart“, erzählte Edna.
Sie drückte einen Knopf und Musik ertönte aus den Lautsprechern. Jack-Jack spitzte aufmerksam die Ohren. Edna überreichte Bob ein kleines, flaches Tablet, auf dem jede Menge Informationen zu lesen waren.
„In den Stoff des Anzugs habe ich ein Netz aus hochsensiblen Sensoren eingewebt, das die Körpereigenschaften des Babys überwacht.“
Plötzlich blinkte auf dem Bildschirm eine Benachrichtigung auf: VERVIELFÄLTIGUNG in 3, 2, 1 …
Jack-Jack stand auf und fiel wieder hin. Sobald er den Boden berührt hatte, teilte er sich in fünf Jack-Jacks, die alle fröhlich zur Musik tanzten.
„Meine Güte“, wunderte sich Bob, „was tut er denn da?“
„Das ist *Mozart*, Bob“, antwortete Edna. „Kannst

du ihm das verübeln? Das Allerwichtigste aber ist, dass der Körpersensor im Anzug die Veränderung bemerkt und dich alarmiert hat.“

Sie drückte auf einen Knopf, woraufhin ein Keks an einer beweglichen Stange in die Kammer einfuhr. Alle Jack-Jacks wollten den Keks haben und jagten kreuz und quer hinter ihm her. Als die fünf den Keks beinahe erwischt hätten, verschwand er durch eine Tür. Ein Baby nach dem anderen rannte gegen die Wand, wodurch sich alle wieder zu dem echten Jack-Jack verbanden.

Bob geriet in Panik. „Oh nein!“, rief er. „Wir brauchen Kekse! Mehr Kekse!“

„Du brauchst die Kekse nicht“, sagte Edna. „Wie ich letzte Nacht recht schmerzlich erfahren musste, endet jedes Szenario, in dem Kekse vorkommen, mit dem Monster-Baby.“

Bob und Edna blickten wieder auf das Tablet. Dort stand: PHASENVERSCHIEBUNG ERMITTELT. Jack-Jack versuchte gerade, durch die Wand hindurchzugehen, es gelang ihm aber nicht.

Er wurde böse und verwandelte sich in das rote Monster. Und wieder schrieb das Tablet eine Nachricht: AKUTE BRANDGEFAHR.
„Was heißt denn *das* schon wieder?", fragte Bob. In diesem Augenblick ging Jack-Jack in Flammen auf und Bob schrie erschrocken auf.
„Es bedeutet ‚Feuer', Bob", sagte Edna gelassen. „Für solche Fälle hält der Anzug verschiedene Gegenmaßnahmen bereit. Ich schlage vor, du löschst das Baby, bevor die Sprinkler angehen."
Bob hämmerte auf das Tablet. Sogleich quoll Löschschaum aus dem Superanzug, der das Feuer unverzüglich ausgehen ließ. Jack-Jack schleckte sich die Substanz lachend aus dem Gesicht.
„Das Feuerschutzmittel basiert auf Johannisbeere und Lavendel, *Darling*", schwärmte Edna. „Wirkungsvoll, zum Verzehr geeignet und einfach köstlich."
Wenig später stand Bob an Ednas Türschwelle, Jack-Jack unter einem Arm und eine Edna-Mode-Tragetasche in der anderen, und dankte ihr für

alles. Als er fragte, wie viel er ihr schuldig sei, ließ sie ihn gar nicht erst ausreden.

„Ach was, Firlefanz, *Darling.* Ich bin Mister Incredibles, Elastigirls *und* Frozones *exklusive* Designerin, und zwar im *gesamten* Universum, bis in alle Ewigkeit! Da liegen deine Kosten locker mit drin." Edna sah zu, wie Bob Jack-Jack in seinen Autositz schnallte und fügte hinzu: „Aber Babysitten für den Kleinen ... das mache ich gratis, *Darling*." Sie streichelte über Jack-Jacks Wange und verabschiedete sich von den beiden.

17

Elastigirl blinzelte, als das flimmernde Licht in der Brille plötzlich erlosch. Sie erwachte aus ihrer Trance, sah sich um und erkannte, dass sie mit Armen und Beinen an einen Stuhl gefesselt war. Wenn sie versuchte, sich zu bewegen, verursachte es ihr höllische Schmerzen.

Evelyn drückte einen Knopf an der Sprechanlage, sodass Elastigirl ihre Stimme aus dem anderen Raum hören konnte: „Ich an deiner Stelle würde nicht versuchen, mich zu dehnen“, sagte sie, während sie Elastigirl durch eine Glasscheibe, die die beiden Räume trennte, beobachtete. „Die Raumtemperatur liegt weit unter dem Gefrierpunkt. Wenn du dich dehnst, zerbrichst du.“

„Du bist also der Screenslaver“, sagte Elastigirl bibbernd.
„Ja und nein“, sagte Evelyn, und stellte sich an eine andere Stelle, um Elastigirl besser sehen zu können. „Sagen wir, ich habe die Figur geschaffen und habe jetzt das Exklusivrecht darauf.“
„Weiß es Winston?“, fragte Elastigirl.
„Dass ich der Screenslaver bin? Natürlich nicht. Kannst du dir nicht vorstellen, was dieser Wohltäter mit meiner Hypnosetechnologie anstellen würde?“, lästerte sie.
„Sicherlich nichts Schlimmeres als du“, meinte Elastigirl.
„Ich nutze die Technologie nur, um das Vertrauen der Menschen darin zu zerstören. Und zum selben Zweck benutze ich die Helden.“
„Wer ist der Kerl, den du in den Knast gebracht hast?“, fragte Elastigirl.
„Ein einfacher Pizzabote“, antwortete Evelyn. „Er schien mir die richtige Größe und Statur zu haben. Hat einen ziemlich guten Kampf abgeliefert. Oder

sollte ich besser sagen, ich habe durch ihn einen guten Kampf abgeliefert."

„Stört es dich denn nicht, dass ein Unschuldiger im Gefängnis sitzt?", fragte Elastigirl ungläubig.

„Ach, er war unfreundlich und die Pizza kalt", antwortete sie.

„Ich habe dir vertraut", sagte Elastigirl.

Evelyn lächelte. „Siehst du, darin lag dein Fehler."

Elastigirl forderte eine Erklärung.

„Warum hättest du mir vertrauen sollen?", fragte Evelyn. „Weil ich dir ein Motorrad gebaut habe? Oder weil mein Bruder den Text deiner Heldenhymne auswendig weiß? Wir kennen einander doch überhaupt nicht."

„Aber du kannst dich dennoch auf mich verlassen", sagte Elastigirl.

„Warum? Nur weil du ein paar ungewöhnliche Eigenschaften hast und ein Glitzerkostüm trägst, soll der Rest der Welt sein Leben in deine behandschuhten Hände legen? Wir sind hilflos, und die Helden sind unsere Rettung?", meinte Evelyn.

„Aber warum hast du … Dein Bruder …“, begann Elastigirl.
„Mein Bruder ist ein Kind“, sagte Evelyn. „Er ist in einer Zeit hängengeblieben, als wir noch Eltern hatten und es noch Helden gab. Und Winston macht, was Kinder eben tun: Er stellt eine Verbindung zwischen beiden her: Mami und Daddy sind fortgegangen, weil die Helden fortgegangen sind. Unsere lieben Eltern waren Narren, dass sie ihr Leben in die Hände von anderen gelegt haben. Die Helden hindern uns daran, selbt stark zu sein.“
„Wirst du mich jetzt töten?“, fragte Elastigirl.
„Nein“, sagte Evelyn. „Ich benutze dich lieber. Du wirst mir helfen, dafür zu sorgen, dass Helden bis in alle Ewigkeit verboten bleiben.“
Sie drückte einen Befehl, durch den das Licht in der Brille wieder aufflackerte. Elastigirls Augen erstarrten, als die Heldin wieder in Evelyns bösen Bann gezogen wurde.

18

Im Garten hinter dem Haus der Familie Parr sahen Flash und Violetta zu, wie Bob den kleinen Jack-Jack in seinem neuen Superanzug präsentierte.

„Fertig? … Laseraugen!“, begann Bob seine Vorführung.

Jack-Jack konzentrierte sich, und dann schossen Laserstrahlen aus seinen Augen. Er traf damit eine Zielscheibe, die an einem Sonnenschirm auf der Terrasse befestigt war.

„Stopp!“, befahl Bob und Jack-Jack hörte auf.

„Wow!“ Flash war baff.

„Das ist noch nicht alles, seht euch das an“, sagte Bob. „Jack-Jack … Kanone! Fertig?“ Bob hielt Jack-Jack mit dem Bauch nach unten fest. Dann

rief er: „*Peng! Peng! Peng!*“ Bob zielte und Jack-Jack feuerte lachend einzelne Lasersalven ab.
„Wahnsinn!“, rief Flash. „Das gibt's doch nicht!“
„Das ist voll abgefahren!“, sagte Violetta. „Lass mich mal! Ich will ihn probieren!“
„Ich will euch nur zeigen, was er kann. Mit dem Baby wird nicht im Haus herumgeschossen, verstanden?“, befahl Bob mit einem Grinsen. „Wir müssen versuchen ihm beizubringen, wie er seine Kräfte kontrollieren kann.“
Jack-Jack quiekte vor Freude, weil er so viel Aufmerksamkeit bekam. Das Tablet schlug Alarm. Bob nahm das Gerät zur Hand und las: BEVORSTEHENDE VERWANDLUNG.
„Seht mal her“, sagte Bob und zeigte Flash und Violetta den Bildschirm.
Jack-Jack stieß ein fröhliches Kreischen hervor und verschwand in einem blauen Strudel.
Bob tippte auf den Bildschirm: „Das ist sein aktueller Aufenthaltsort“, erklärte er.
Violetta hielt das Tablet hoch und drehte sich

damit im Kreis, bis es piepste. Dann folgte sie den Anweisungen ins Haus, und Bob und Flash gingen ihr hinterher.

„Klick mal hier drauf!“, sagte Bob. „Siehst du die Standort-Anzeige? Dimension 3. Diese Zeichnung hier ist das Zimmer. Jetzt musst du dir nur noch vorstellen, welche Stelle das im echten Zimmer ist. Also? Wo ist er?“

Flash sah Violetta über die Schulter, während sie das Gerät durchs Wohnzimmer schwenkte und schließlich in der Ecke haltmachte.

„Er ist *dort*!“, rief Flash und zeigte in die Ecke.

Er hielt einen Keks hin. Jack-Jack wurde sichtbar und schlang den Keks hinunter. Alle jubelten!

Plötzlich läutete das Incredifon. Bob lief hin und nahm ab.

„Elastigirl steckt in Schwierigkeiten“, sagte Evelyn am anderen Ende der Leitung.

„Was ist passiert?“, fragte Bob.

Aber Evelyn wollte am Telefon nicht darüber

sprechen. „Wir treffen uns auf dem DevTech-Schiff“, sagte sie nur.

„Das DevTech-Schiff, verstanden“, wiederholte Bob. „Ich bin in fünfzehn Minuten da.“

„Was ist auf dem DevTech-Schiff?“, wollte Violetta wissen.

Bob gab ihr keine Antwort. Stattdessen rief er unverzüglich Lucius an. Er bat ihn, rüberzukommen und auf die Kinder aufzupassen. Dann fügte er hinzu: „Und zieh deinen Anzug an. Hier ist was faul!“

„Ich komme sofort“, antwortete Lucius. „Gib mir ’ne Viertelstunde.“

Lucius legte auf und richtete eine Fernbedienung auf einen Punkt an der Wand. Zischend öffnete sich die Stelle und Frozones Superanzug kam zum Vorschein.

„Was passiert auf dem DevTech-Schiff? Und warum trägst du deinen Superanzug?“, schrie Violetta ihrem Vater hinterher.

Doch Bob war schon in seinen Wagen gesprungen und raste die Straße hinauf in Richtung Hafen.
Flash rannte kurzerhand ins Schlafzimmer seiner Eltern und fand die Fernbedienung des Incredimobils in der Schublade des Nachtkästchens. Flink versteckte er sie hinter seinem Rücken, als Violetta ihm hinterhergerannt kam. Sie schoss an ihm vorbei zur Kommode und zog die unterste Schublade auf.
„Was glaubst du, ist dort los?“, fragte Flash lockerlässig, während er die Fernbedienung weiter versteckt hielt.
„Ich weiß es nicht“, antwortete Violetta. „Aber Dad hat Lucius angerufen, *nachdem* er den Anruf wegen Mom erhalten hatte. Und dann verlässt er das Haus im Superanzug …“
Violetta kramte die restlichen Superanzüge aus der Lade und warf Flash seinen Anzug zu.
„Ich dachte, du wolltest mit all dem Heldenkram nichts mehr zu tun haben?“, erinnerte sie Flash.

„Stimmt. Aber jetzt will ich es wieder. Komm, zieh das an", befahl Vi.
Flash ließ sich das nicht zweimal sagen. Er verschwand mit seinem Anzug im Badezimmer und war im Bruchteil einer Sekunde wieder da. Fertig angezogen.
Es läutete an der Tür und Flash rannte hinunter, um aufzumachen. Auf der Schwelle standen Voyd, Brick, Reflux, He-lectrix, Screech und Krushauer mit leuchtenden Brillen im Gesicht. Evelyn hatte sie alle unter ihre Kontrolle gebracht.
„Ihr Kinder seid in Gefahr", sagte Voyd. „Die Deavor-Geschwister haben uns geschickt…"
Da sah Voyd sich um, weil sie bemerkte, dass es plötzlich zu schneien begonnen hatte!
„Nanu, doppelt gemoppelt!", rief Frozone. Voyd und die anderen Helden drehten sich um und sahen Frozone, wie er in aller Ruhe die Zufahrt überquerte. „Die Deavors haben doch mich geschickt, um das Haus zu hüten!" Schützend stellte er sich zwischen die Kinder und die hypno-

tisierten Helden. „Die Kinder sind nämlich in Gefahr."

Flash, der immer noch die Fernbedienung des Incredimobils hinter dem Rücken festklammerte, ertastete vorsichtig den Knopf, mit dem man das Auto herbeirufen konnte.

„Ich übernehme das, da muss wohl etwas durcheinandergekommen sein", sagte Frozone. „Ihr könnt Winston sagen, dass ich mich um die Sache kümmere. Haben Sie verstanden, Miss ...?"

„Voyd", erwiderte sie.

„Miss Voyd. Also dann, gute Heimreise." Frozone wollte schon die Tür zuschnappen lassen, da stellte Brick ihren Fuß dazwischen.

Flash fand endlich den richtigen Knopf und drückte drauf. In der Villa von Victor Cachet startete das Incredimobil den Motor, brauste los und hinterließ ein riesiges Loch in der Wand.

„Das Problem ist", sagte Voyd, „dass wir Sie auch mitbringen sollen."

Frozone schenkte ihr ein Lächeln, doch dann –

wumm! – katapultierte er Voyd mit einem Schneewall nach hinten. Er bedeckte sie noch mit einer dicken Eisschicht, bevor er die Haustür zuwarf.

„Das wird sie nicht lange aufhalten“, sagte er schnell zu den Kindern. „Wo ist das Baby? Flash, schnapp dir das Baby!“

Flash rannte hoch und fischte Jack-Jack aus seinem Bettchen, während ein Schauer aus Eisbrocken unten an die Fenster prasselte. Sekunden später waren die hypnotisierten Helden in das Haus eingedrungen und griffen Frozone und die Kinder an!

Flash versuchte, mit Jack-Jack auf dem Arm nach draußen zu gelangen, landete aber immer wieder im Haus. Irgendwann verstand er, dass er durch Voyds Wurmlöcher rannte!

Während Frozone versuchte, Screech abzuschütteln, schuf Violetta ein Kraftfeld rund um sich und ihre Brüder, um sie vor den elektrischen Blitzen zu schützen, die He-lectrix auf sie abfeuerte. Genau in dem Moment, als Krushauer dazu ansetzte, Violettas Kraftfeld zu zertrümmern, donnerte das Incredimobil herbei und hielt direkt vor Flash.

„Incredimobil! Fenster runter!“, rief Frozone, während er gegen die hypnotisierten Helden kämpfte, um sie von den Kindern fernzuhalten.

Die Wagenfenster senkten sich und Frozone befahl den Kindern, hineinzuschlüpfen. Sobald sie sicher im Inneren des Incredimobils saßen, befahl Frozone: „Incredimobil: Stimmerkennung bearbeiten! Jetzt sagt alle laut eure Namen!“

„Violetta Parr!“, sagte Vi.

„Robert ‚Flash‘ Parr!“, gab auch Flash seinen Namen an.

Da bekamen die hypnotisierten Helden Frozone zu fassen. Flash und Violetta mussten erschrocken zusehen, wie ihm Screech die Hypnosebrille über den Kopf stülpte.

„Oh, nein! Lucius!“, schrie Flash.

Frozones Augen begannen zu leuchten und er

hörte auf zu kämpfen. Dann stürzte er auf die Kinder los.

„Nein!“, kreischte Flash.

„Incredimobil! Bring uns in Sicherheit!“, befahl Violetta.

Im letzten Moment, bevor Frozone sie zu fassen bekam, brauste das Incredimobil auf und davon!

19

Mister Incredible ging an Bord der Yacht und stieß dort auf Evelyn.

„Ich habe gute und schlechte Nachrichten“, sagte sie, während sie ihn zum Ballsaal der Yacht führte. „Wir haben sie gefunden, und körperlich scheint es ihr gutzugehen, aber sie hatte eine Begegnung mit dem Screenslaver und benimmt sich seither total seltsam.“

„Was heißt seltsam?“, fragte Mister Incredible. Dann sah er Elastigirl und im nächsten Augenblick spürte er schon ihre Fäuste im Gesicht. Er hatte nicht einmal Zeit zu bemerken, dass ihre Augen unnatürlich leuchteten. Vier Mal schlug sie ihn ins Gesicht, bevor er reagieren konnte.

Dem nächsten Schlag wich er aus und stürzte sich auf sie, doch Elastigirl schlug einen Salto über ihn und verpasste ihm wieder zwei Schläge.
Mister Incredible und Elastigirl lieferten sich einen knallharten Kampf. Evelyn stand im Türspalt und beobachtete alles. Elastigirl setzte alle Kniffe ein, die sie auf Lager hatte, während es Mister Incredible offensichtlich nicht richtig vorkam, gegen seine Frau zu kämpfen. So flüsterte er ihr zu, als er sie zu fassen bekam und sie einen Moment still hielt: „Helen! … Ich bin's!"
Da küsste ihn Elastigirl und er erwiderte den Kuss. In diesem Moment streckte sich Elastigirl quer durch den Raum und schnappte sich von Evelyn eine Hypnosebrille. Sie stülpte sie Mister Incredible über die Augen. Er war hypnotisiert.

Das Incredimobil entfernte sich wie der Blitz vom Haus der Familie Parr. Für die Kinder war es eine wilde Fahrt! Violetta forderte das Auto schließlich auf, stehenzubleiben, damit sie einen Plan schmieden konnten.

Violetta und Flash dachten an das, was ihr Vater immer sagte, wenn sie vor einer schwierigen Aufgabe standen: Überlegt, wo eure Stärken liegen!

„Okay. Böse Menschen sind hinter uns her. Weder Mom noch Dad noch Lucius können uns helfen. Aber wir haben unsere Superkräfte. Wir haben das Auto. Und ... was noch?“, dachte Flash laut nach.

Auf dem Rücksitz verwandelte sich Jack-Jack flink von einer Form in die nächste, bevor er wieder er selbst wurde. Flash und Vi sahen einander an. Jetzt waren sie sicher, dass sie mit allem fertig werden konnten.

„Incredimobil, bringe uns zum DevTech-Schiff“, sagte Violetta.

Der Wagen schoss davon in Richtung Hafen. Doch als sie ankamen, legte die Yacht bereits ab!

„Ich wünschte, das Incredimobil könnte dem Boot

folgen", sagte Flash enttäuscht. Da drehte das Auto plötzlich um und fuhr hinaus auf den Bootssteg.
„Was hast du gemacht?", fragte Violetta.
„Keine Ahnung", sagte Flash.
„Was hast du *gemacht*?", wiederholte Violetta.
„Ich hab überhaupt *nichts* gemacht!", rief Flash.
Aber das Incredimobil ließ sich nicht aufhalten und sprang vom Ende des Stegs ins Wasser. Die Kinder kreischten, als es dem Schiff hinterher durchs Wasser schnitt. Es dauerte nicht lange, bis das Auto das Schiff eingeholt hatte und am Rumpf des Schiffes anlegte.
Violetta überlegte, wie sie unauffällig an Bord gelangen konnten.
„Hey", rief Flash, „vielleicht hat das Incredimobil Schleudersitze?"
Das Auto antwortete prompt mit einer Benachrichtigung auf dem Bordcomputer: SCHLEUDERSITZE AKTIVIERT.
„Warte, was? Nein!", protestierte Violetta.

„Aber sicher“, beharrte Flash und machte sich bereit für den Flug.
„*Nein*! Du sagst jetzt kein Wort mehr!“, drängte Violetta.
„Volle Kraft voraus!“, sagte Flash trotzdem.
Die Nachricht des Computers lautete nun: MAXIMALE KRAFT. Violetta versuchte weiter, Flash aufzuhalten, aber er wollte nicht hören.
Er befahl dem Auto, die Sitze abzuschießen, und im nächsten Augenblick flogen die Kinder in die Luft.
Violetta baute ein Kraftfeld um sie, in dem sie sicher an Bord des Schiffes landeten. Dann begannen sie, nach ihren Eltern zu suchen.
Winston Deavor stand am Bug der Yacht und begrüßte die eintreffenden Gäste. „Das wird heute ein besonderes Vergnügen. Immerhin ist dieses Schiff das größte Tragflächenboot der Welt, also halten Sie sich gut fest, wenn es losgeht!“
Wie auf Kommando fuhr die Yacht plötzlich ihre gigantischen Luftkissen aus dem Rumpf aus, die

das ganze Schiff über die Wasseroberfläche hoben, und beschleunigte.

Violetta, Flash und Jack-Jack waren unbemerkt in einen ruhigen Gang im Bauch des Schiffes geschlüpft. Violetta flüsterte Flash zu: „Wir müssen Mom und Dad finden. Bleib hier, ich geh sie suchen." Dann machte sie sich unsichtbar.

„Warte! Und wer passt auf Jack-Jack auf?", flüsterte Flash.

„Alles hängt jetzt von uns ab, kapierst du das nicht?", mahnte ihn Violetta. „Also beschäftige ihn, aber leise!"

Eine Tür öffnete und schloss sich, als Violetta loslief. Flash machte ein finsteres Gesicht. Er drehte sich zu Jack-Jack um und äffte die Befehle seiner Schwester nach, woraufhin das Baby laut loslachte. Erschrocken legte Flash ihm die Hand auf den Mund.

Unterdessen bewegte sich Violetta geräuschlos durch das Schiff, bis sie auf ihre Eltern und Frozone traf, die gerade in Richtung Konferenzraum gingen. Schnell lief sie zu ihren Brüdern zurück, nur um festzustellen, dass Jack-Jack verschwunden war! Flash versuchte erst gar nicht, sich herauszureden, für Diskussionen war auch gar keine Zeit. Sie holten das Tablet hervor und begannen mit der Suche.

Die Delegierten und ihre Helden versammelten sich rund um den riesigen Sitzungstisch im Konferenzsaal der Yacht. Großflächige Fenster boten einen herrlichen Blick auf die Welt über und unter Wasser. Hinter jedem Delegierten saß ein von ihm ausgewählter Held. Elastigirl, Frozone und Mister Incredible betraten den Raum mit ihren Hypnosebrillen. Winston bemerkte sie und flüsterte in das Mikrophon an seinem Anzug: „Hey, hast du ihnen neue Masken verpasst?“

Evelyn saß in ihrer Schaltzentrale, einem umgebauten Überwachungsraum, in dem sie mehrere Bildschirme angebracht hatte, die das Gipfeltreffen aus verschiedenen Perspektiven zeigten. Sie antwortete Winston, dass die neuen Masken über ein Nachtsichtgerät und verschiedene andere neue Funktionen verfügten. Dann gab sie ihm das Zeichen, dass die Übertragung losging. „Uund … wir sind live auf Sendung in drei, zwo, eins …“ Das Ereignis wurde in die ganze Welt übertragen. „Heute ist ein bedeutender Tag“, begann Winston. „Wir haben etwas geschafft, das in unserer heutigen Welt selten geworden ist: Wir haben uns auf etwas geeinigt!“ Die Zuhörer lachten kurz auf und applaudierten, bevor er weitersprach. „Wir haben uns darauf geeinigt, eine schlechte Entscheidung rückgängig zu machen und sicherzustellen, dass einige außergewöhnlich begabte Mitglieder der Gesellschaft fair behandelt werden. Und wir wollen sie dazu einladen, ihre Talente zum Wohl der Welt ab sofort wieder einzusetzen.“ Danach dankte er allen und ganz besonders der Botschafterin, die als eine der ersten den Helden ihre Unterstützung zugesagt hatte. Sie schüttelte Winston die Hand und unterzeichnete daraufhin das Abkommen.

Violetta und Flash hatten bei ihrer Suche nach Jack-Jack kein Glück, bis sie auf dem Tablet sein Bild nach oben wandern sahen.

„Er fährt in einem Aufzug“, staunte Violetta.

„Los!“, rief Flash und verschwand wie der Blitz.

Violetta wollte ihm eben folgen, als Voyd auf der Bildfläche erschien. Die hypnotisierte Heldin drängte Violetta in die Ecke und attackierte sie. Violetta bewarf sie mit Kraftfeldern, doch Voyd konnten diese nichts anhaben, weil sie sie in ihren Wurmlöchern verschwinden ließ.

Kaum hatte Flash den Aufzug erreicht, in dem Jack-Jack nach oben fuhr, fiel ihm auf, dass Violetta nicht hinter ihm war. Er sprintete zurück und überfiel Voyd mit einem Hagel an superschnellen Faustschlägen. Damit konnte er gerade noch verhindern, dass Voyd seiner Schwester die Hypnosebrille aufsetzte. Schnell packte Flash Violetta und zog sie mit sich fort. So entkamen sie, bevor Voyd überhaupt bemerkt hatte, was passiert war.

Plötzlich hörten die Geschwister das Fauchen von Monster-Jack-Jack.
„Hier entlang“, sagte Flash und zeigte auf einen Korridor.
Wenig später hatten sie Jack-Jack gefunden, der sich in einen Feuerball verwandelt und die Löschanlage ausgelöst hatte.
„Mama! Mama!“, schrie der brennende Jack-Jack.
Violetta sah auf das Tablet und wusste nicht, was sie tun sollte. „Wie kann ich ihn löschen?“, schrie sie und hämmerte auf den Bildschirm ein.
Auf einmal floss Lavendelschaum aus Jack-Jacks Superanzug und löschte die Flammen aus.
„Sie kommen!“, rief Violetta, als sie die hypnotisierten Helden auf sie zukommen sah. Sie packte Jack-Jack und gemeinsam kletterten alle drei in das Entlüftungsrohr in der Decke, um sich dort zu verstecken.
Jack-Jack spielte mit dem Tablet. „Darf er das haben?“, flüsterte Flash.

„Mir fällt auch nichts Besseres ein.“ Violetta war einfach nur froh, dass Jack-Jack halbwegs ruhig war.

Doch die herannahenden Helden hörten sie trotzdem. Krushauer setzte seine Schlagkraft ein, um das Entlüftungsrohr so zu zerbeulen und zu verbiegen, dass die Kinder darin gefangen waren. Violetta versuchte so gut sie konnte, Jack-Jack zu beruhigen, doch er begann zu weinen.

„Jetzt hab ich euch!“, grölte Krushauer und eilte an die Stelle, wo sich die Kinder versteckt hielten. Doch noch bevor er ihnen etwas tun konnte, verwandelte sich Jack-Jack in ein Riesenbaby und krachte durch das Rohr. Er boxte Krushauer um – und zerstörte dabei das Baby-Tablet.

Violetta und Flash mussten das Riesenbaby dazu bringen, ihnen in den Konferenzraum zu folgen.

„Yam-Yam-Keksi“, versuchte Violetta ihn zu locken. Jack-Jack nahm den Keks, ließ sich aber nicht davon aufhalten und durchbrach die nächste Wand.

Er rannte, bis er fast außer Sichtweite war, und rief dabei unaufhörlich: „Mama, Mama, Mama …"
Flash und Violetta hetzten ihm hinterher. Bald erreichten sie eine Wand mit einem Loch in normaler Babygröße. Auch auf allen vieren hätten sie niemals durchgepasst. Flash steckte den Kopf durch das Loch und sah nur noch, wie Jack-Jack, der nun wieder normal groß war, einen weiteren Gang entlangtapste.
„Ich kann ihn sehen, er entwischt uns!", rief Flash.
„Aus dem Weg!", rief Violetta. Sie platzierte ein Kraftfeld in dem kleinen Loch und ließ es immer größer werden, bis es groß genug war, um hindurchzuschlüpfen. Sie rannten weiter, doch Jack-Jack marschierte bereits durch die nächste Wand.
„Verflixt noch mal!", ärgerte sich Flash.
Da verstand Violetta schließlich: „Er läuft zu Mom."

Die Geschwister trennten sich, um in verschiedenen Richtungen nach Jack-Jack zu suchen.
Unterdessen ergriff Winston im Konferenzraum wieder das Wort und verkündete: „Es ist vollbracht! Die Welt ist wieder bereit für Heldentaten!“ Das Publikum im Saal applaudierte und unzählige Menschen auf der ganzen Welt, die alles im Fernsehen mitverfolgten, jubelten. Winston scharte alle Anwesenden für ein Gruppenfoto zusammen. „Dies ist ein historischer Moment“, sagte er. „Bitte alle lächeln!“
Die versammelten Gäste guckten in die Kamera und lächelten. Doch auf einmal flackerte auf den Großbildschirmen im Saal das Hypnoselicht auf. Alle waren sofort in Evelyns Trance gefangen. Mit einem Klick ließ Evelyn eine Großaufnahme von Elastigirl, Mister Incredible und Frozone auf dem großen Bildschirm in der Mitte des Raumes aufblitzen. Die hypnotisierten Helden nahmen ein Mikrofon zur Hand und begannen zu sprechen. Jedes Wort wurde ihnen von Evelyn vorgegeben.

„Jahrelang waren wir gezwungen, uns zu verstecken und uns still zu verhalten. Das hat uns wütend gemacht!“, sagte Elastigirl.
„Was ihr uns hier gebt, sind leere Versprechen!“, sagte Mister Incredible.
„Wir werden euch nicht mehr länger dienen. Wir dienen nur noch uns selbst! Möge der Stärkere gewinnen!“, rief Frozone.
Sie langten nach der Kamera. Aus den Fernsehern drang nur noch ein Rauschen, dann wurde das Signal unterbrochen.

20

Chad Brentley saß nervös auf seinem Stuhl im Fernsehstudio. Er musste die Sendung nach der unterbrochenen Übertragung irgendwie weitergehen lassen. „Okay, … Das waren ja einige sehr beunruhigende Dinge, die wir gerade gesehen haben, vor … na ja, vor der technischen Panne. Bitte bleiben Sie dran."

Evelyn beobachtete von ihrem Kontrollraum aus, wie Mister Incredible, Frozone und Elastigirl den Konferenzraum verließen und die Delegierten samt den Helden darin einsperrten. Wie Roboter marschierten sie aufs Oberdeck in Richtung Kommandobrücke, wo sie die Mannschaft spielend überwältigten. Elastigirl übernahm das Steuer und lenkte das Schiff geradewegs auf die Stadt zu. Mister Incredible zertrümmerte das Steuerrad, sodass die Richtung jetzt nicht mehr geändert werden konnte. Ein Zusammenstoß war vorprogrammiert!

Violetta und Flash holten Jack-Jack ein, als er gerade in den Kommandoraum des Schiffes wackelte. Elastigirl, Mister Incredible und Frozone zögerten keine Sekunde, als sie die Kinder sahen, sondern griffen sie sofort an. Schnell baute Violetta ein Kraftfeld um sie auf, um die Angriffe abzuwehren. Neugierig blickten die drei hypnotisierten Helden durch die durchsichtige Wand des Kraftfeldes auf die Kinder im Inneren, fast, als würden sie sie wiedererkennen. In diesem Augenblick durchbrach Jack-Jack die schützende Hülle und schwebte hinüber zu Elastigirl!

„Was zum Henker…“, murmelte Evelyn, die vom Kontrollraum aus zusah. „Nein, nein, nein! Setz ihn ab!“, befahl sie.

Elastigirl wirkte verwirrt, als Jack-Jack in ihrem

Arm landete, er lag nämlich verkehrt herum! Sie drehte ihn um und Jack-Jack musterte sie. Beim Anblick der Hypnosebrille zog er die Stirn kraus und stieß sie ihr kurzerhand vom Kopf. Elastigirl blinzelte, als sie aus ihrer Trance erwachte, dann lächelte sie Jack-Jack an.

Fuchsteufelswild hämmerte Evelyn auf die Steuerelemente für Frozone und Mister Incredible ein. „Schnappt sie euch!“, kommandierte sie.

Mister Incredible und Frozone stürzten sich auf Elastigirl, doch die übergab Jack-Jack schnell an Violetta und riss den anderen beiden die Brillen vom Gesicht. Nun waren alle drei dem Bann entkommen!

Im Kontrollraum hörte man, wie Evelyn vor Wut tobte. „Neeeein!!!“

Mister Incredible und Frozone brauchten eine Sekunde, um sich zu fangen. Als Mister Incredible Elastigirl sah, ging er in Verteidigungsstellung. Elastigirl versuchte, ihm schnell alles zu erklären, und sagte den Kindern, wie stolz sie auf sie sei.

Dann warf Violetta ihr den echten Elastigirl-Superanzug zu.

Im Kontrollraum schaltete Evelyn ihre Monitore für den Konferenzraum an. „Phase drei!“, verkündete sie.

Sekunden später brachen die in Trance versetzten Helden durch die Wand und überraschten Mister Incredible und Frozone.

Da verwandelte sich Jack-Jack in ein wütendes Monster.

Elastigirl war starr vor Schreck. „Was zum … Jack-Jack hat Superkräfte?“, rief sie aus.

„Wissen wir!“, brüllte Mister Incredible. „Aber lass uns erst kämpfen, dann reden!!“

Mister Incredible kämpfte gegen Brick, während Voyd ein Wurmloch nach dem anderen auf Elastigirl schleuderte. Doch irgendwann gelang es Elastigirl, ihren Arm durch eines der Wurmlöcher zu stecken und Voyd die Brille abzunehmen.

He-lectrix versuchte, Violetta zu elektrisieren, doch sie zog sich in ein Kraftfeld zurück. Das

Jack-Jack-Monster ging auf He-lectrix los und nahm ihm seine Brille weg.
Evelyn musste im Kontrollraum mit ansehen, wie sie nach und nach die Kontrolle über die Helden verlor.
Als Nächstes stellte sich Reflux Violetta in den Weg und spie ihr geschmolzene Lava entgegen. Doch mit einem Kraftfeld konnte Vi die glühende Masse abwehren. Frozone besprühte die Lava mit Eis und konnte so einen Teil des Feuers löschen.
Plötzlich stürzte Screech herab und griff sich Flash. Doch Violetta reagierte blitzschnell, schnappte sich Jack-Jack und zielte mit ihm auf Screech.
„Jack-Jack? Laseraugen! Peng-peng-peng!"
Screech war getroffen und fiel aufs Schiffsdeck, wo Flash ihm noch einige Turbofußtritte verpasste.
Endlich waren alle Hypnosebrillen entfernt und die Helden hörten auf zu kämpfen. Aber die Gefahr war noch nicht gebannt, denn das Schiff steuerte immer noch ungebremst auf die Stadt zu!

Als Elastigirl nach oben blickte, bemerkte sie, dass sich das Dach der Yacht in einen Düsenjet verwandelte.

„Evelyn!“, schrie sie. „Sie versucht, uns zu entkommen!“

„Schnapp sie dir! Bring deine Mission zu Ende“, rief Mister Incredible.

„Ich kann jetzt nicht einfach gehen! Die Kinder? Und Jack-Jack? Wer wird auf …“

„Mom!“, fiel ihr Violetta ins Wort. „Nun geh schon. Wir haben alles unter Kontrolle!“

Elastigirl lächelte, nickte Violetta zu und bat Voyd, sie zu begleiten.

„Ich halte inzwischen den Schiffsmotor an“, versprach Mister Incredible.

„Ich versuche, das Schiff vom Bug aus zu bremsen!“, rief Frozone.

Auf dem Weg in den Maschinenraum stellte sich Krushauer Mister Incredible entgegen. Er trug immer noch seine Hypnosebrille und zertrümmerte eine Wand. Doch Mister Incredible wich

aus, packte einen Geröllbrocken und bewarf Krushauer damit, sodass ihm die Brille vom Kopf flog.
Nun war auch Krushauer aus der Trance befreit, doch der Schutt hatte den Weg in den Maschinenraum versperrt.
Unterdessen packte Evelyn ihren Bruder Winston und zerrte ihn zu ihrem geheimen Flugzeug. Langsam erwachte er aus der Hypnose und war völlig verwirrt.
„Wo sind die Delegierten und wo sind die Helden?“, wunderte er sich.
„Die sind immer noch hypnotisiert“, antwortete Evelyn.
Da verlor Winston die Nerven. „Oh nein. Nein, nein, *nein*!“, brüllte er. „Du bist der Screenslaver!“
Evelyn drückte das Startkommando und dockte den Jet von der Yacht ab. „Schnall dich lieber an. *Jetzt!*“, schrie sie ihn an, stürmte zur Steuerung und warf die Triebwerke an. Augenblicklich stieg

der Jet über der Yacht in die Höhe. Evelyn brüllte: „Es ist nur zu deinem Besten!"
„Nein!", schrie er und öffnete die Tür des Jets. „Das hier ist zu meinem Besten!" Dann sprang er hinaus und schlug hart auf dem Schiffsdeck auf. Evelyn seufzte enttäuscht, doch dann drückte sie auf einen Knopf, der die Flugzeugtür verriegelte. Winston eilte zurück zum Konferenzraum und stellte schnell die Hypnosebildschirme ab. Als die internationalen Diplomaten und Helden wieder zu sich gekommen waren, rief er sie auf, sich ans hintere Ende des Schiffes zu begeben. „Alle Helden beschützen ihre Botschafter!"
Alle folgten Winstons Anweisungen, rannten ans Heck des Schiffes und machten sich für den Aufprall bereit.
Elastigirl und Voyd liefen die Treppe hinauf zum höchsten Punkt der Yacht, sahen jedoch nur noch, wie Evelyns Jet sich in den Himmel erhob.

21

„Bring mich hinauf zu dem Flugzeug!“, rief Elastigirl.

Voyd öffnete ein Wurmloch und Elastigirl sprang hinein, doch leider kam sie mitten in der Luft wieder heraus. Sie konnte sich nirgends festhalten, also taumelte sie wieder nach unten. Voyd öffnete ein weiteres Wurmloch für sie, und diesmal lag der Ausgang oberhalb des Jets. Der starke Gegenwind wehte Elastigirl jedoch wieder hinunter, also erzeugte Voyd immer neue Wurmlöcher, mit denen sie Elastigirl auffing. Endlich gelang ihr eines, das Elastigirl unmittelbar unter dem Flugzeug ausspuckte.

Als Elastigirl die Bodenluke öffnete, blinkte auf

Evelyns Armaturenbrett eine Warnmeldung auf. Ihr war sofort klar, wer sie da besuchen kam.
„Willkommen an Bord, Elastigirl“, sagte sie und flog einen so wilden Kurs, dass Elastigirl im Flugzeug herumgeschleudert wurde.
„Wir haben die Reiseflughöhe zwar noch nicht erreicht, aber du kannst dich gerne frei im Flugzeug bewegen“, spottete sie.
Elastigirl arbeitete sich zum Cockpit vor und konnte Evelyn schließlich erreichen. Eben wollte sie ihr einen Faustschlag verpassen, da zog sich Evelyn eine Sauerstoffmaske über und lenkte den Jet senkrecht hinauf. Sie flogen höher und höher, und Elastigirl wurde immer schwächer.

Unten auf dem Wasser näherte sich die Yacht bedrohlich dem Ufer der Stadt.
„Ich komme nicht in den Maschinenraum!“, rief Mister Incredible.
„Wir müssen etwas tun, sie lässt sich auch nicht bremsen“, sagte Frozone.

„Hey, wie wär's, wenn wir das Schiff herumdrehen würden?", überlegte Flash.
Mister Incredible und Frozone erinnerten ihn daran, dass das Steuer nicht funktionierte.
„Flash meint von außen!", rief Violetta. „Wenn wir eine der Tragflächen beseitigen und das Ruder drehen, können wir das Schiff an der Stadt vorbeisteuern."
„Ich drehe vorne und du hinten", schlug Frozone vor. Schon begann er damit, das vordere rechte Luftkissen einzufrieren und abzuschlagen.
„Wir drehen das Steuerruder?", fragte Mister Incredible. „Aber das ist unter Wasser! Wie soll ich dorthin …? Na schön. Kommt schon, Kinder!"
Als Mister Incredible und Flash unter Deck liefen, hielt Violetta sie auf. „Ich weiß, dass es klappen wird, Dad, aber wenn nicht, ist mein Kraftfeld wahrscheinlich ein besserer Schutz als das Boot. Ich sollte also lieber hier bei Jack-Jack bleiben."
Mister Incredible lächelte. „Ich bin stolz auf dich, mein Mädchen!"

„Denk dran, Bob, wir schieben beide nach rechts!“, brüllte Frozone.
Mister Incredible entdeckte den Schiffsanker, riss ihn los und hielt sich an der massiven Ankerkette fest. Er zeigte auf die Bedienelemente des Ankers und sagte zu Flash: „Sobald sich das Schiff dreht, drückst du den Knopf, der den Anker hochzieht.“
„Okay, Dad!“, antwortete Flash.
Dann sollte Flash seinen Vater langsam hinunterlassen, doch Flash drückte den Knopf zu fest und Mister Incredible platschte kreischend ins Wasser. Er hatte Schwierigkeiten, der Schiffsschraube auszuweichen, während er versuchte, an das Ruder zu gelangen.
Nachdem mehrere Minuten vergangen waren, begann Violetta, sich Sorgen zu machen. „Dad ist schon zu lange unter Wasser! Wir müssen ihn hochziehen!“
„Warte noch, es ist zu früh!“, sagte Frozone.
„Drück jetzt den Knopf, Flash“, rief Violetta.
„Nein, noch nicht!“, antwortete Flash.

Violetta sah über die Reling ins Wasser und bemerkte, dass das Schiff sich zu drehen begann. Es funktionierte!
„Flash, jetzt!“, rief sie.
Flash drückte den Knopf und zog Mister Incredible aus dem Wasser.

In der Zwischenzeit kämpfte Elastigirl in Evelyns Jet damit, bei Bewusstsein zu bleiben, denn sie konnte kaum noch atmen. Evelyn boxte Elastigirl ins Gesicht, sodass sie nach hinten geschleudert wurde. Als sie am Boden landete, bekam sie eine Leuchtpistole zu fassen, die in der Hitze des Gefechts hinuntergefallen war. Elastigirl nahm sie zur Hand und schoss auf Evelyns Sauerstofftank. Die Wucht des Aufpralls schleuderte Evelyn durch die Windschutzscheibe des Cockpits hinaus aus dem Flugzeug. Während Evelyn durch die Luft auf die Meeresoberfläche zustürzte, stellte Elastigirl schnell den Jet auf Autopilot und sprang durch das zerborstene Fenster Evelyn hinterher.

Doch Evelyn wollte nicht von einer Heldin gerettet werden. Sie trat und strampelte sich frei und raste weiter im freien Fall auf das Wasser zu. Wieder holte Elastigirl sie ein und umfasste sie mit den Armen. Im allerletzten Augenblick öffnete Voyd ein Wurmloch auf dem Wasser. Elastigirl und Evelyn fielen in das Loch und landeten sicher an Deck des Schiffes.

Immer noch baute Frozone einen Eisberg nach dem anderen, bis das Luftkissen endlich in sich zusammensackte. Als das Schiff von seinem Kurs auf die Stadt abdrehte, entstand eine enorme Flutwelle. Mit seinen eisigen Kräften verwandelte Frozone das Wasser in eine weiche Schneewehe, gegen die das Schiff sanft auflaufen konnte. Endlich kam die riesige Yacht vor den ersten Gebäuden der Stadt zum Stillstand. Die Incredibles und Frozone hatten alle gerettet!

Elastigirl wandte sich an ihre Familie. „Ich habe Jack-Jacks erste Superkraft verpasst?“, fragte sie.

„Yep, aber eigentlich sind es siebzehn“, antwortete Mister Incredible.

Wie auf Kommando vervielfältigte sich Jack-Jack und die ganze Familie brach in schallendes Gelächter aus.

22

Evelyn Deavor wurde in Handschellen abgeführt und in einen Polizeiwagen verfrachtet. Bevor sie losfuhren, wandte sie sich noch einmal zu Elastigirl um. „Dass du mich gerettet hast, bedeutet nicht, dass du im Recht bist.“

„Aber es bedeutet, dass du noch am Leben bist“, erwiderte Elastigirl.

„Und ich bin dir wirklich dankbar dafür“, sagte Winston.

Mister Incredible gesellte sich zu Violetta, denn er hatte etwas auf dem Herzen. Er räusperte sich: „Weißt du, ich hab nachgedacht. Dass Tony dich vergessen hat, ist vielleicht gar nicht so schlimm. Du kannst … die Sache jetzt selbst in die Hand

nehmen. Stell dich ihm noch einmal vor. Geh zu ihm hin und sag: ‚Ich glaub wir kennen uns noch nicht, ich bin Violetta Parr.' Das sollte reichen."
Dankbar für seine Unterstützung umarmte Violetta ihren Vater.
Das Incredimobil kurvte heran und Flash händigte Mister Incredible die Fernbedienung aus.
Im Laufe der darauffolgenden Tage wendete sich die Welt zum Besseren. Ein Richter hob das Heldenverbot wieder auf. Und Elastigirl, Mister Incredible und Frozone hatten sich gemeinsam mit vielen anderen im Gerichtssaal eingefunden, um zu jubeln und zu applaudieren.

Eines Nachmittags saß Tony Rydinger in der Schule und las. Violetta ging zu ihm hin und tippte mit ihrem Bleistift auf sein Buch. „Du kennst mich nicht, oder?", fragte sie.
„Nein, ich kenne dich nicht ... Warte!", sagte er und musste lachen. „Bist du das Mädchen mit dem Wasser?"

„Ich bin Violetta Parr!“, lenkte sie eilig ab.
Tony lächelte und schüttelte ihr die Hand. „Ich bin Tony.“

Eines späten Nachmittags ließ Tony seine Haustür ins Schloss fallen und näherte sich dem Familien-Van, der am Straßenrand auf ihn wartete. Violetta saß mit der gesamten Familie im Wagen. Tony stieg ein und setzte sich neben sie.
Violetta stellte ihm alle vor und sagte dann: „Ich hab echt versucht, dass nur ein Elternteil mitkommt.“
„Wir gehen auch alle ins Kino, Tony, aber am besten beachtest du uns gar nicht!“, sagte Helen.
„Wir setzen uns auf die andere Seite des Saales. Wir schauen auch nicht rüber!“, ergänzte Bob. Er zwinkerte Tony über den Rückspiegel zu.
„Er macht bloß Spaß“, beruhigte ihn Violetta.
„Sie werfen uns nur beim Kino raus und machen dann was anderes.“
Doch als sie vor dem Kino hielten, ertönten Poli-

zeisirenen. Streifenwagen, die einen Verdächtigen verfolgten, brausten an ihnen vorbei. Die Parrs tauschten verstohlene Blicke aus und Violetta drängte Tony sanft aus dem Wagen.

Sie gab ihm etwas Geld. „Großer Becher Popcorn und eine kleine Limo. Reservier mir einen Platz in der Mitte, ab der achten Reihe." Dann brausten sie los.

Tony sah ihnen hinterher und wunderte sich, was da eben passiert war.

Die Mitglieder der Familie Parr setzten sich die Masken auf und ihre Familienkutsche verwandelte sich in einen geräumigen Incredi-Van! Bob zündete den Turbo und schon düsten sie mit Höchstgeschwindigkeit hinter den Bösewichten her und hinein in ein neues Abenteuer.